西安外国语大学学术著作出版专项资助

# 纳志迪

〔科威特〕塔里布·里法伊　著
〔Kuwait〕Taleb Alrefai

吴奇珍　译
马福德　审校

陕西新华出版
陕西人民出版社

## 图书在版编目（CIP）数据

纳志迪 /（科威特）塔里布·里法伊著；吴奇珍译．— 西安：陕西人民出版社，2023.8
ISBN 978-7-224-15047-6

Ⅰ．①纳… Ⅱ．①塔… ②吴… Ⅲ．①长篇小说－科威特－现代 Ⅳ．① I383.45

中国国家版本馆CIP数据核字（2023）第152977号

出品人：赵小峰
总策划：关　宁
出版统筹：韩　琳
责任编辑：晏　藜
封面设计：白　剑
责任校对：常颖凡

## 纳志迪

NAZHIDI

| 作　　者 | [科威特] 塔里布·里法伊 |
| --- | --- |
| | [Kuwait] Taleb Alrefai |
| 译　　者 | 吴奇珍 |
| 审　　校 | 马福德 |
| 出版发行 | 陕西人民出版社 |
| | （西安市北大街147号　邮编：710003） |
| 印　　刷 | 西安市建明工贸有限责任公司 |
| 开　　本 | 787毫米×1092毫米　1/32开 |
| 印　　张 | 5.375 |
| 字　　数 | 88千字 |
| 版　　次 | 2023年8月第1版 |
| 印　　次 | 2023年8月第1次印刷 |
| 书　　号 | ISBN 978-7-224-15047-6 |
| 定　　价 | 48.00元 |

如有印装质量问题，请与本社联系调换。电话：029-87205094

青年时期的纳志迪船长

"巴彦号"上的水手们

相互协作的水手们

航行中的"巴彦号"

致阿卜杜·阿齐兹·德黑里

我一生的挚友和兄弟

从港口的角度看,科威特城并非处于最佳位置,但是它却拥有长达两英里多的、世界上最优越的海滨之一。1939年,这里就像一个伟大的造船基地和贸易场所,大大小小、鳞次栉比的船只停靠在港口东西两侧的海滩上,依偎着浅浅的、平坦伸展开来的科威特小海湾。

——澳大利亚航海家 艾伦·维利尔斯
《辛巴达之子》

本小说在真实事件的基础上进行了艺术化创作,讲述了1979年2月19日(周一)可能发生在船长阿里·纳赛尔·纳志迪身上的故事。

## 译　者　序

　　春日的长安，一如童年的老照片里那般繁花似锦：兴庆宫里国色天香的牡丹；青龙寺粉色含羞的樱花；烂漫的桃花和背后掩映的千年雁塔；极目远眺时若隐若现的终南山，以及山腰上环绕着的、淡淡的青白色的烟雾……此时，与之迥然不同的异域画面，仿佛伴随着记忆里那股炽热的风，悄然吹进了我的心间：傍晚时分闪烁着彩色灯光的科威特三塔、穆巴拉克市场、纯净蔚蓝的大海和公路两旁绿色的枣椰树。这一幕幕场景似乎拂去了记忆角落里的灰尘，再次唤醒了我心中对曾经那段美好留学时光的回忆。

　　我对科威特作家塔里布·里法伊先生文学作品的翻译，始于公派留学期间。一天下午，我独自在科威特大学舒威赫校区的图书馆里阅读，偶然间看到了塔里布·里法伊先生在他的短篇小说集中的亲笔留言。那几行祝福语很短，却勾起了我对他笔下文学世界的向往。后几经周折，我终于有幸拜会了塔里布先生，与他就2016年入围阿拉伯布克奖（又名阿拉伯小说国际奖）长名单的小说《在这里》的创作思路进行了深入交流，并努力争取到了小说的中译版版权。结束学习回国后，我在导师魏启荣教授的鼓励和帮助下，最终完成了该译著的出版。

《纳志迪》（又名《辛巴达的故事》）是塔里布·里法伊先生2017年出版的小说，于2018年入围阿拉伯布克奖长名单，并于同年获科威特国家文学奖。小说在真实历史人物、真实历史事件的基础上，加入了作者艺术化的加工和想象，讲述了科威特历史上的著名船长阿里·纳赛尔·纳志迪生命中最后一天的故事，表达了科威特人民对祖国光辉历史的自豪之情。

从作品风格上看，这部小说是作者塔里布·里法伊的突破之作。在此之前，该作者的作品多聚焦于以科威特为代表的海湾国家女性的生存现状，例如上文中所提到的小说《在这里》，就是以一位科威特女孩考姗儿为原型创作的爱情小说，反映了海湾国家存在的一夫多妻制等婚姻制度问题，以及当地女性追求自由独立的愿望。因此，可以说小说《纳志迪》是作者进行创新性写作的成功尝试。

从叙事的时间线索上看，这部小说共有两条时间线。第一条线索以时间的钟点为每章的章节名，叙述了纳志迪船长生命中最后一天的各项活动。这天早上，他和两位好友阿卜杜·瓦哈比、苏莱曼一起驾车前往航海人码头，乘坐小艇到常去的海域垂钓畅谈，却不料在晚上意外遭遇海上风暴而丧生。而第二条线索，则穿插在第一条显性的叙事线索之中。作者塔里布以灵活的时空转换手法，娓娓道出了主人公纳志迪从一位对大海充满好奇和热爱的少年，最终成长为一位慷慨、勇敢、坚忍的船长的故事。

从真实与虚构的关系上看，这部小说是一部将历史真实和想象性虚构完美融合的作品。其中出现的人物均为真实存在的人物，所讲述的事件也确有其事。为了更好地完成这部作品，小说作者塔里布·里法伊先生曾多次前往纳志迪船长的长孙纳赛尔家中了解他当年的故事。这种历史的真实，为读者营造出了清晰的画面感和模糊的年代感，反映出了科威特从以采珠、捕捞和贸易为主要谋生手段的前石油时代，逐渐走向石油时代的历史变迁。而精彩的想象性虚构，则为小说的情节起伏带来了更大的艺术张力，为读者提供了发挥文学想象的可能。

小说主人公纳志迪所驾驶的大船，名为"巴彦号"，这个单词原本有宣言、布道的意思。在我看来，这个名字具有多层延伸含义：第一层象征着纳志迪船长勇敢、坚忍、慷慨精神的宣言；第二层象征着他终其一生对大海的爱的宣言；第三层则包含了小说作者对科威特历史的自豪之情，是对曾经光辉航海时代的宣言。

"大海"在这部小说中扮演着重要的角色，承载着丰富的象征性内涵。童年时期的纳志迪渴望离开荒凉沉寂的陆地，驾驶着大船在海面上自由自在地航行，这时的大海对他而言是"自由之海"；青年时期的纳志迪积攒了丰富的人生阅历，通过航行、采珠和贸易获取生活的资本，这一时期的大海对他而言是"财富之海"；中年时期的纳志迪在海难中临危不乱，指挥手下的水手们紧密配合，最终使船上的所有成员转危为安，在这一阶段，大海对他而言是"危难之海"；而在生命的最后时刻，纳志迪的同伴们已经被黑色的波涛所吞噬，只剩他一人独自漂浮在漆黑的大海上，可他依然坚信他与大海之间的友谊，坚信他驾驶的大船绝不会离他而去。这种内心中对大海的热爱，正如小说结尾的文字所写的那样，将永远随着他视大海为挚友的灵魂永存：

我的大船——我亲爱的"巴彦号"，就要来接我了。

我会一直在海上，等待着它的到来。

我，永远不会离开大海。

吴奇珍

2023年4月于西安

# 目　录

第一章　早上　11：30…………001

第二章　中午　12：30…………019

第三章　下午　 2：30…………049

第四章　晚上　 7：30…………073

第五章　晚上　10：00…………097

第六章　晚上　10：30…………113

第七章　晚上　11：00…………127

第八章　晚上　11：30…………141

# 第 一 章

## 早 上 11：30

"来吧。"

我依稀记得,那大概是我五岁时的某一天。就在那一天,我听到了来自大海的第一次呼唤。当时我还是个孩子,坐在沙尔格区老宅的门槛上,一条小小的土路将我家的房子和海岸隔开。

我目不转睛地注视着倚靠在海边沙滩上的大船,它的背后是苍茫的大海。一个奇怪的问题始终在我的心头挥之不去:大海究竟有多大的力量,才能够让庞大的船只在它的怀抱里变得如此渺小?

大海一直向我发出呼唤:

"来吧。"

疲惫的太阳落了下去,沉睡在了海的深处,天空在我家的院墙和房间里洒下暗淡的灰烬。妹妹玛丽莲坐在客厅里,正忙着清理油灯玻璃罩里的灰尘。她用小手攥着破抹布穿过玻璃上的孔，伸到玻璃罩的内侧清理油灯。母亲法蒂玛就坐在旁边，她似乎对这一切毫不在意，实际上却在关注着玛丽莲的一举一动。我离开她们两人，起身朝厨房那边的拉蒂法姐姐走去。我特别喜欢她烙的薄饼，她总是从滚烫的锅边铲起薄饼，在空中来回晃动使其冷却，然后再将饼递给我。看到我走过来，她微笑着说道：

"稍等一下，你就可以吃到自己的小饼啦。"

我没告诉任何人大海呼唤我的事，趁着母亲和两位姐妹不留神的间隙，独自偷溜了出去。

当黑夜听到宣礼员提醒大家做昏礼①的呼唤声时，它便从天空降落到了世间。人们都害怕面对黑暗，于是纷纷停下手头的工作，赶忙去清真寺礼拜祈祷。此时此刻，我们家门前的小路上空空荡荡，只有几个孩子正在朝清真寺的方向跑去。

可我并不惧怕黑暗……就在我跨过土路，赤脚踩进岸边沙子的一刹那，我便听到了大海更加清晰的呼唤："来吧。"

我坐在湿漉漉的沙滩上，向遥远的海天相接处望去，脑海中幻想着自己在海上凌波微步，头顶云端，脚踩海面，一直走到了那海天一处的远方……我无比放松地躺在潮湿的沙滩上，在不知从何处吹来的一阵微风和黑暗中，不知不觉地

---

①礼拜是伊斯兰教的五项基本功课之一，每天共需做五次礼拜，分别是：晨礼、晌礼、晡礼、昏礼、宵礼。——译者注

闭上了双眼。

"阿里,阿里。"

一声声重复的呼唤将我的睡意驱散,我仿佛感受到了沙滩的寒意。

"阿里。"

我在黑暗中睁开双眼,耳畔波涛的呼啸声立刻将我从睡梦中惊醒。

"阿里。"我听出那是父亲在呼唤我。

"是我。"

黑暗中出现了两个长长的影子,只见我父亲手拿油灯,旁边是我大哥易卜拉欣。

"愿真主宽恕你。"易卜拉欣说,"我们找了你一个小时。"

他们俩刚走过来,我就向父亲的长袍扑过去。他把油灯递给易卜拉欣,然后把我抱在怀里,亲吻着我说:

"怎么啦,我的孩子?"

这时候我才感觉到害怕,意识到自己犯错了。

"如果不是邻居家的一个孩子看到你朝海边走去,真不知道会发生什么。"易卜拉欣说。

父亲叮嘱我说:"可要离海远一点。"随后又补充道:"它会把你带走,然后淹死的。"

"我不会淹死的。"

父亲停下了脚步,一旁的易卜拉欣手举油灯。我注视着父亲说道：

"大海是我的朋友。"

波涛一直在身后回响，诉说着一些我听不懂的故事。

"大海没有朋友。"说这句话的时候，父亲的语气里充满了悲伤。

可是我没有追问他：为什么大海没有朋友？

那年我才五岁，距离那一晚已经过去了六十五年多的时间，但是这些记忆却始终印刻在我的脑海中。愿真主怜悯您[①]我的父亲。或许您在有生之年就已确信，自己的儿子始终视大海为友，而大海也接受了他的友谊，给予了他生活的资本和荣耀。可是父亲，大海那种隐秘的呼唤却始终令我着迷。父亲，您儿子生来就是一位对大海顶礼膜拜的水手。

父亲，在您的影响下，我生来就是位水手和船长。我还记得第一次坐在您身边，和您一起乘船出海。当时您是船长，而我还是个正值青春的少年，但水手们和科威特当地人却习惯称呼我为"船长"。

父亲，我就像一条离开大海就会死去的鲨鱼。离开大海的那一刻，生活也随即离我而去。陆地的沉寂和荒凉不断吞噬着我的灵魂，我只能从大海的怀抱里得到慰藉，就像被催眠了似的朝着它的方向走去。我一辈子都生活在大海广阔的

---

[①]穆斯林在提及已故先贤或者亲属时，习惯诵念一句求恕辞，以示对亡者的缅怀和尊重。——译者注

家园里，许多时候它虽然待我严苛，却从未将我抛弃。

父亲，您是否想象过大海和人、大海和一个小圆点之间会产生友谊？而我，正是那渺小的沧海一粟，父亲。

♫ ♫ ♫

我放下手中的《辛巴达之子》，这本书由我的朋友——澳大利亚航海家艾伦·维利尔斯所撰写，记录了他在我的"巴彦号"①大船上的旅途见闻。这两天我时不时翻阅这本书，仔细阅读、翻看着他为我和水手们，以及为船上器械和港口所拍的照片。

十几年前，一位朋友将此书赠予我：

"贝鲁特阿拉伯作家出版社出版。"

每当我怀念自己与大海在一起的时光时，都会拿出这本书仔细翻看，就好像是在回顾生命中路过的每一站。那是我此生最美好的时光，那次旅途也令我毕生难忘。

我坐到妻子身边。

"努拉。"我唤了她一声，注视着她说道，"听听艾伦·维利尔斯船长在商人阿里·阿卜杜·拉提夫·哈姆德位于亚丁的办公室里第一次见到你丈夫时，都说了些什么。"

我读道：

---

① "巴彦"一词由阿拉伯语音译而来，该词原本有宣言、布道的意思。在小说的译文中，为保留该词原本的特色，译者在翻译时采用了音译的方法。——译者注

"我见到了一位个头矮小、身材比例精巧的男人……"

"你不矮。"努拉打断了我的朗读。

"艾伦他很高,所以觉得我个子小。听听他还说了些什么。'他有一张冷峻的面庞……'"

"你的表情并不冷峻。"

我微笑着继续读下去:"他身上有一种独特的优雅:椭圆的脸蛋、两鬓浓密的黑胡子、鹰钩鼻、比例匀称的尖下巴。他身材小巧,却力量十足。"

"这话不假。"努拉大笑着评论道。

"你听着,听着。"

"他的形象总体上给人一种力量与和善的感觉,脸上的神情展现出了一个驾船者所需的谨慎和清醒,身上带着一种自信和不容任何人欺骗的坚定。"

"说得很好!"努拉满含喜悦地打断了我的话。于是我注视着她,静静地和她坐在一起。

这时,大海好像浮现在了我的面前……

♪ ♪ ♪

昨天晚上,我和阿卜杜·瓦哈比、苏莱曼一起在我家的迪瓦尼亚①小聚。

---

① "迪瓦尼亚"是科威特人招待亲戚、邻居、朋友的固定地点,它是科威特人民慷慨待客性格的体现。人们经常会在闲暇时间聚集在这里,讨论各类事件或做出家族的重要决定。——译者注

"明天我们一起去钓鱼吧。"

这并不是我们第一次一起出门,距离上次出海只过去了不到一周。

"那晌礼①过后,我们到你家集合。"阿卜杜·瓦哈比说。

"愿真主赐你们永生②,我届时恭候。"

♪ ♪ ♪

"努拉。"我把妻子喊过来坐下,然后对她说,"阿卜杜·瓦哈比和他兄弟苏莱曼会来找我。"

她露出惊讶的表情,立刻明白了我想今天出海的想法。

"又是海!"她用一种夹杂着爱与担忧的语气责备道,"大海简直让你着魔啊!"

"我已经很久——都快十年没和大海天天待在一起了。"

她的脸上笼罩着一丝忧愁:"今天和我们一起待在家吧。"

她的请求有些古怪,话音里似乎带着一种竭力的恳求:"别去了。"

---

① 同前文对"礼拜"的注释。——译者注

② "阿拉伯人日常见面使用的寒暄语中不少带有伊斯兰教特色。如:真主赐你永生。"(见《阿拉伯人的交际用语》,朱立才,《世界宗教文化》,2004年第3期)——译者注

一种隐秘的感觉拂过我的心间……面对她的请求，我只好回应道：

"我都和大伙说好了。"

"跟他们说抱歉，天气太冷了。"

"那不行，他们现在都在来的路上了，可能随时就到。"

"我就知道没用，你还是这个性格——说过的话就不会打折扣，不会收回。"

"男人要说话算话，努拉。"

她的目光环绕着我的脸庞。我对她说："我们昨天就说好了。"

她继续沉默着，那不安的眼神似乎有话想说。我微笑着催促她道："想说什么就说吧。"

"我担心你。愿真主保佑你长寿，你已经七十多岁了。"

"大海会让我的灵魂重返青春。"

"愿真主保佑你们顺利。"她终于妥协下来，问道，"你们什么时候回来？"

其实我还没思考过返回的时间，也还没跟阿卜杜·瓦哈比和苏莱曼商量好。

"还不知道。"

可她却一直在等待着我明确的回答。

"我们几个晚上就回来。"

"你一直待在海上，太让我担心了。"

"大海是我的第二个家。"可我却永远不会告诉她,大海向我发出了召唤。

我想起了自己经常对朋友阿卜杜拉·高塔米船长说的那句话:

"我生命的最后一刻,肯定是在大海里度过的。"

可我怕努拉听到这句话会伤心。

我仿佛听到大海在呼唤:"来吧。"

"我给你准备好食物带上?"努拉询问道。

"不需要,我已经跟阿卜杜·瓦哈比和苏莱曼安排好了……他们来之前我穿好衣服就可以。"

"别回来晚了。"

"我尽量。"

我拿着书站起来,努拉的双眼始终跟随着我。我微笑着对她说:"听着,我给你读读航海家艾伦·维利尔斯结识科威特水手们之后都写了些什么,这样你就能理解他们为何如此深爱大海了。"

我一边翻动书页,一边对她说:"听着啊。"

"我越来越喜欢阿拉伯人,特别是这些站在船头的'辛巴达'们。如果世界上真的有辛巴达存在,那么他本人都不会像这些人一样擅于冒险。"

努拉看着我,于是我说道:"艾伦这本书的名字,其实指的就是科威特人。"

"侯赛因他爸,我知道,你之前跟我讲过。"

我微笑着跟她道别:"我去换衣服。"

♪ ♪ ♪

努拉将出海穿的干净衣服装进袋子,然后系上绳子。

数天前,我的长孙纳赛尔对我说:"利巴赫家的一个孩子托我向您问好。"

我注视着他,于是他继续说道:"他是在您去他爷爷艾哈迈德·利巴赫商店的时候看见您的。"

我的脑海中浮现出了那家商店的画面,还有那个孩子的模样。纳赛尔笑着对我说:"他很喜欢您的优雅,还对我说:'你爷爷总是衣衫干净整洁,熨烫整齐。他穿着披风,身上还散发着香水和沉香的味道。'"

"你朋友是在开玩笑吧。"

纳赛尔大笑:"不,爷爷,所有人都知道您非常重视自身优雅的气质和外表。"

他停了几秒钟,随后继续说道:"我朋友说:'你爷爷总是未见其人先闻其香。'"

♪ ♪ ♪

我穿上了厚重的出海长袍,戴上了头巾。

最后,我走到努拉面前和她道别:"愿真主保佑你平安。"

"愿慷慨的主保佑你平安。"

我走出了家门,站在院子门口。

我家住在凯凡区,位置正对着沙米亚区,一旁的马路上整天都充斥着汽车的鸣笛声,不再是从前那条与海相隔的熟悉的土路了。从前我只要推开家门,大海潮湿的气息立刻就会扑面而来。它总是主动跟我打招呼,紧贴着我,一直追随我的脚步。

二月的天气很冷……你已经是个老人了,阿里,你将会为寒冷付出代价。

))))

就在两天前,当我翻开艾伦·维利尔斯的那本书时,其中的许多图片瞬间点燃了我心中对大海的思念。我想起了我的大船、我在船上的专座、我站在舵手旁边的情形,脑海中还浮现出了桅杆、船帆、水手们和港口的画面,耳畔好像传来了那熟悉的歌声。我想起了优素福·设拉子说过的一句话,他曾是我船上一位非常善良的水手:

"你是这艘船的主心骨,船长。"

我想起了自己的青年时代,想起了我和阿卜杜拉·高塔米船长一起度过的那些旅程。那时我们从一个港口去到另一个港口,从一个国家驶向另一个国家,达成了许多买进卖出的交易。我还结识了阿拉伯半岛南部海岸地区的多位长老和部落首领,给他们赠送过礼物。

阿卜杜拉曾对我说:"不求回报的赠送简直太浪费了!"

我微笑着答道:"男人们之间的相识,就是通过生意嘛。"

他一直注视着我,于是我继续说道:"给予是一个人慷慨美德的展现。"

书中的照片勾起了我对逝去时光的追忆。我仿佛看见了许许多多的面孔,却不知它们究竟从何处涌到了我的面前。这时大船的主帆好像在我面前张开,顺风而立,后面紧跟着船的后桅帆。它和水手们的歌声,还有他们的祈祷声一起随风摇曳:

主啊,主啊,主啊
我们驶向新的远方,我们依靠着真主
我的主,你就是我的依靠

这些记忆一直牢牢地留在我的脑海中。

♪ ♪ ♪

七岁的时候,我就背诵完了《古兰经》中的"安麦"

卷①和"塔巴拉克"卷②。我在父亲的好友毛拉③那里学习了一年，每天早上都和村里的孩子们到他家里上课。我们坐在用椰枣叶编织而成的草席上，而他正对我们而坐，手拿长棍，胡须弯曲，声音洪亮，教给我们读写和算数的规则。

有一天他对我说："你记东西很快。如果真主愿意，你将会成为一名清真寺的伊玛目④。"

"我将来要当船长。"我回答道。

"清真寺的伊玛目可比船长要好。"他打断了我的话，语气里掺杂着一丝不悦，可我却并不明白他生气的原因。

"我父亲就是船长，我将来要像他一样。"我重复着自己的观点。他抬高声音斥责我说：

"安静，不要回话。"他指着打脚掌的刑罚说："这将是对长舌者的惩罚。"

---

① 《古兰经》共分为30卷，"安麦"是其中的第30卷，因第30卷开始的第78章第一个单词是安麦（由阿拉伯语音译而来）而得名，它包含了《古兰经》从第78章至第114章（共37章）的内容。——译者注

② "塔巴拉克"是《古兰经》第67章（国权章）第一个单词的音译。从第67章至第77章（共11章）为《古兰经》的第29卷，通常把这一卷称为"塔巴拉克"。——译者注

③ "毛拉是伊斯兰教教职称谓，旧译'满拉'、'毛喇'、'曼拉'。伊斯兰国家将知识分子、学者尊称为'毛拉'，相当于汉语的'先生'。"（见《中国伊斯兰百科全书》，中国伊斯兰百科全书编辑委员会编，四川辞书出版社，1994年3月第1版）——译者注

④ "伊玛目是伊斯兰教教职称谓，系阿拉伯语音译，意为'领袖''表率''率领者'和思想、理论界的'权威'等。"（见《中国伊斯兰百科全书》，中国伊斯兰百科全书编辑委员会编，四川辞书出版社，1994年3月第1版）——译者注

我讨厌他的吼叫，也惧怕他的威胁，脑海中浮现出了自己趴在地上被另外两个孩子用藤条捆住双脚，然后被他拿长棍惩罚的情景……我实在不想继续坐在他对面，于是平静地站起身，离开了炎热棚子下面的那张草席和那群孩子。

他对我大喊道："坐下！"

我视若无睹，于是他大声吼道："你个小阿里！"

一个孩子绊住我的腿，然后伸手抓住了我。我用力甩开他，离开了孩子们和围坐的课堂，将毛拉的长棍和打脚掌的惩罚统统抛在身后，赤脚回到家将这一切告诉了父亲："您的朋友，就是那位毛拉冲我大喊大叫，还威胁我要打脚掌，明天我绝对不去了。"

"发生什么事儿了？"

父亲让我到毛拉那里继续读书。他说："你学完他的课程就会去穆巴拉克学校①的。"

"我绝不去毛拉那里，也不会去穆巴拉克学校。"

他注视着我，就好像在等待我的答案，考验我的决心是否坚定。于是我说道："我已经学会读和写了，可以去海上了。"

♪ ♪ ♪

苏莱曼的汽车从远处驶来，越开越近……最后停了下

---

① 穆巴拉克学校成立于1911年12月，是科威特历史上第一所制度化、体系化的官方学府，为近现代科威特国家人才的培养做出了杰出贡献。——译者注

来。阿卜杜·瓦哈比下车打招呼，苏莱曼也打开车窗说："早上好啊，船长大人。"

他的话逗笑了我，于是我回应道：

"早上好。"

"准备好了吗？"我问阿卜杜·瓦哈比。

"所有东西都买好了。"

"请吧。"阿卜杜·瓦哈比向我示意。每次他都坚持让我坐在前面副驾驶的位置上，和开车的苏莱曼坐在一起。

"坐前面，你是船长，也是凯凡区的大人物。"

凯凡区距离航海人俱乐部，也就是游艇码头的所在地不到半小时车程。

"今天天气冷。"苏莱曼对我说。

"海上会很温暖的。"我回复他说。

"但愿能钓上鱼。"阿卜杜·瓦哈比开玩笑说，"要知道上次……"

"乐观点嘛。"

"真主是慷慨的。"

我在苏莱曼身边坐下，于是他发动汽车，朝港口的方向驶去。

# 第 二 章

## 中 午 12：30

今天的海水格外清澈，寒冷的微风和波涛的面颊一同嬉戏。

我们一到航海人俱乐部就闻到了熟悉的味道，把车里的东西搬到了小艇上。我上船检查发动机和船尾的汽油，随后走进了驾驶舱。

温暖的阳光洒满了整间玻璃驾驶舱，阿卜杜·瓦哈比和苏莱曼正忙着整理一些出海物品。

♪ ♪ ♪

有时我甚至对自己渴望见到大海的心情感到好奇，经常会问自己："那我会在海上待到什么时候呢？"就好像自己的灵魂只能被摇晃的木板和起伏的波涛所驯服！

最近一段时间，那来自大海的隐秘的声音仿佛趁我不备，又在欺骗、呼唤着我："来吧。"

"侯赛因他爸。"阿卜杜·瓦哈比指着录音机和磁带对我说。于是我微笑着问道:"听欧德·杜黑①唱的那盘磁带吗?"

"欧德,还有'海湾歌手'②唱的。"

海上风平浪静,二月的阳光温暖了海面。

"缺少水手歌曲的旅程是不完整的。"苏莱曼评论道。

"《大伙,我们一起依靠真主》这首?"我抛出了问题。

"船长来决定。"阿卜杜·瓦哈比回答道,"我们都仰仗您。"

我打开发动机,感觉到船头正在缓缓上升。航海人俱乐部的游艇码头一片静谧,周围没有任何响声。

"去艾勒亚格区的那片钓鱼的海域吗?"我问苏莱曼。

"那肯定啊。"他接着说:"今天天冷,我们别回去晚了。"

"你兄弟今天看起来很不安!"我对阿卜杜·瓦哈比说,"你来决定返回的时间吧。"

"只要船长在,没人可以决定返航时间。"

"不会晚的。"我说出这句话好让苏莱曼放心。

我们几个已经习惯一起出海钓鱼了,几乎每个星期都会

---

①欧德·杜黑(1932—1979),科威特著名歌唱家。——译者注
②本名阿卜杜·阿齐兹·穆夫利吉,科威特著名歌唱家,因其美妙的歌声而获得了"海湾歌手"的美称。——译者注

相约……小艇快速行驶在光滑如镜的海面上，欢快地迎风而行……它将朝着南边沙特阿拉伯王国的方向驶去，一条白色的波浪线紧随其后。但是它很快就疲倦、安静下来，任由我们乘浪而行。

每当我开启一段海上之旅时，心里都会感到一丝紧张，就好像自己是第一次出海，依旧是那个因思念大海而哭泣的少年。

十三岁那年，我告诉父亲："我们自己造了一艘小船。"

当时他刚做完宵礼①回到家，像往常一样和我一起坐在餐桌旁准备吃晚饭。母亲或姐姐拉蒂法一般都会提前将薄饼烙好，然后将它们浸泡在装满奶和一颗颗椰枣的罐子里。他注视着我，脸上浮现出了一丝笑意。于是我继续说道："我和朋友穆罕默德·高塔米一起造的。"

"那些造船师傅们没有帮助你们俩吗？"

"您的朋友哈桑叔叔出大力气了。"

他深知哈桑一丝不苟的态度和组装木板的手艺，于是愉快地说道："愿真主祝福你们。"

他的声音给了我吐露真言的勇气，于是我接着说："我们制作了两个多星期呢，每天都去海边。"

"我知道，哈桑师傅跟我说过，后来我也看见过你们好几次。"

---

①同前文对"礼拜"的注释。——译者注

我站起来亲吻他的额头,希望他能带我一起去潜水之旅。

"所有村里的孩子都去海上了,没人待在沙滩上。"

他露出了欣慰的微笑,说:"遵从主的意愿。"

我立刻明白了他这句话的意思,高兴得简直要飞起来,赶紧跑去将好消息告诉了母亲。可是,她的脸上却瞬间浮现出了惊恐的神情。

"不,我的孩子,你还小!"她几乎带着哭腔说道,"我绝对不允许纳赛尔把你带到海上去。"

我投入母亲的怀抱,亲吻她的手和额头:

"愿真主保佑您,妈妈,村里的孩子都……"

我跟她说:"两年前我就已经和大伙一起去修建科威特城墙①了。"尽管那时候尚在斋月,我因为把斋的缘故而感到十分疲累,但她还是让我和哥哥易卜拉欣一起去干活:"你是男子汉,和他们一起去吧。"

"修城墙是一回事,出海又是另一回事。"母亲始终拒绝我的请求。

我也不知道自己的眼泪为何止不住地往下流,继续坚持道:"我不是小孩子。"

"你哭起来简直就像姑娘一样!"这时我才发现,自己

---

① 科威特城墙是为抵御地区性冲突和战争所建的历史性建筑,其建造共分三个阶段:第一阶段始于1760年,城墙总长度达750米;第二阶段始于1814年,其间共建造五座城门,城墙总长度达2300米;第三阶段始于1920年。因现代城市扩建需要,科威特政府决定于1957年2月拆除该城墙,只保留其原有的五座城门,现为城墙公园供游人参观。——译者注

居然会为大海而哭泣，于是用袖子擦干泪水说，"我才不会哭呢。"

"纳赛尔，不要带阿里和你一起去了。"母亲劝父亲不要在那年夏天把我带到海上去。而父亲最终应允了她的请求，改变了之前做出的决定。

♪ ♪ ♪

欧德·杜黑的歌声传进了驾驶舱，沁入了我的心扉：

假如我能向星辰倾诉心事
假如我能向七重天[①]发出叩问

苏莱曼正在垂钓工具箱的对面忙着整理东西，享受着准备鱼线、鱼钩、铅坠和鱼食的过程。阿卜杜·瓦哈比像往常一样拿出《火炬报》[②]，准备调试那台装着磁带的录音机。片刻之后，他走过来问我："你喜欢唱歌吗？"

我注视着他说："你知道的。"

他依旧注视着我，于是我继续说："每次出海前，我都

---

[①] "在伊斯兰教教义及与伊斯兰教有关的事物中，数字'七'具有极其重要的作用和影响。'七'包括'七'的倍数常被作为吉祥的数字，在《古兰经》和穆斯林的生活中被大量提到。"（见《汉语阿拉伯语语言文化比较研究》，朱立才著，新世界出版社，2004年第1版）——译者注

[②]《火炬报》是科威特最著名的日报之一，创立于1972年2月。——译者注

会去寻找最好听的水手歌曲，好让它们陪我度过船上的时光。我父亲曾说：'如果一个人心灵美好，那么他便会歌唱。'于是我就用这句话作为回应：'如果一个人热爱歌唱，那么他的心灵定然美好。'我出海时总会带上著名歌手演唱的歌曲，那声音总是那么的忧伤动听，还伴随着乌德琴①声和美妙的鼓乐敲击声。我曾经对水手长说：'只管去找好歌，不论价钱。'"

苏莱曼朝我们俩走过来，于是我接着说道："那时候我每到一个港口就办一场歌曲晚会，把所有的船长、各部落的长老、商人、港口上的著名人士和水手们都邀请过来，一起参加大型庆祝活动……"

"大家都知道。"阿卜杜·瓦哈比打断了我的话，继续补充道，"你是个慷慨好施的人，侯赛因他爸。"

"朋友之间的慷慨就是生命。"

"很多水手们即使离开大海多年，都还称赞你的慷慨以及你与他们的密切来往。"苏莱曼评论道，"他们都还记得那些庆祝活动。"

"歌声就是水手们的慰藉。他们要离家半年多，远离祖国和亲人们，生活在黑暗和恐惧之中；他们被疲劳所折磨，被灵魂深处的厌倦所吞噬，唯一陪伴他们的只有真主的仁

---

① 乌德琴是北非、西亚和中亚地区使用的一种传统拨弦乐器，状如琵琶，被誉为"阿拉伯乐器之王"。——译者注

慈，还有那些宽慰他们、给予他们希望的歌声。"

"那些日子一去不复返了，侯赛因他爸。"阿卜杜·瓦哈比摇摇头，苏莱曼站在一旁聆听我们的对话。

"现在是听歌时间。"这音乐就像波涛一样激荡起了我心中隐藏的生命。我想起了小时候村里的泥房子，还有在土路上玩耍的男孩女孩们。我的耳畔仿佛响起了熟悉的声音，眼前好像浮现出了那片海滨。那里停泊着成百上千艘抛锚的船，周围充满了造船师傅们伐木和固定木板的嘈杂声……20世纪20至40年代，科威特曾是一片采珠和航行的海湾。

"那时候的日子非常艰难困苦。"苏莱曼打断了我的话。

"是啊，但那时的日子很简单，人们也很淳朴善良。"我回答说，"在那种艰苦的条件下，我度过了生命中最美的时光。"

我泪如雨下
属于我的时光已经逝去

歌唱家欧德的歌声回荡在整个驾驶舱，这首歌出自哈姆德·阿斯欧西所创作的"宰海利叶"[①]民间诗。

自从离开码头后，我们还没有见到其他船只。小艇继续

---

① "宰海利叶"由阿拉伯语原文音译而来，是一种阿拉伯民间诗歌。它产生于伊拉克南部，之后流传至科威特、巴林和卡塔尔。——译者注

前进，就好像在跟自己比赛。发动机的嘈杂声打破了海面的寂静，一条白色的波浪线紧随其后，可没过多久它就消失得无影无踪了。

阿卜杜·瓦哈比站起身，回到自己的位置上继续读起了报纸。

"菲鲁兹她爸特地托我向您问好。"苏莱曼对我说。

我注视着他，于是他继续说道："前两天我在市场碰到他了，他嘱咐我说：'记得替我跟船长说声谢谢。'"

我摇摇头，没说话，于是他继续整理那些钓鱼用具去了。

上个星期我刚去过菲鲁兹她爸家。我总喜欢给老伙计们一些帮助，大家彼此关系的亲近让我十分欢喜。尽管光阴逝去，但是我永远都不会抛弃自己的伙伴。

出海捕鱼的旅程总是如此短暂，可这是我与大海之间唯一的联系了……最近一段时间，我常在夜半梦回时分听到大海的呼啸声，就好像自己又回到了沙尔格区的老宅，听到了耳畔传来的那声呼唤："来吧。"

♪ ♪ ♪

我喜欢小艇打破海面平静的感觉。一时间，我竟然忘记了自己就坐在驾驶舱的方向盘后面，享受着驾船的乐趣和动人的歌曲。

"希望今天收获不错。"阿卜杜·瓦哈比坐在他的座位上对我说。

"真主是慷慨的。"

"我们还有多久到艾勒亚格区?"

"和往常一样,大概一个半小时。"

他回到座位上接着读报,我继续驾驶着小艇向前行驶。

♪ ♪ ♪

我没有好好开过一天车,总是让孙子纳赛尔载着我去想去的地方,一路上让他陪我聊聊天。有一次他问我:"爷爷,您为什么这么讨厌开车呀?"他接着说:"难道您想一直做一位驾驶船只的船长吗?"

我保持沉默。片刻之后,我问他:"一辆小小的洋铁皮汽车,怎么能和一艘大船相比?"

♪ ♪ ♪

昨天下午我走出家门,和司机一起到从前的村子里走了走,那是我家老屋的所在地。可是那里现在什么都没有了,城市的繁华吞没了那里的一切:房子、巴拉伊哈①、海岸、大海、船只、水手们的歌声,都消失得无影无踪。我拖着沉

---

① "巴拉伊哈"由阿拉伯语原文音译而来,指旧时科威特村庄中宽敞的空地,供村民们闲时聊天、孩子们玩耍以及日常买卖交易等使用。——译者注

重的步伐在沙姆兰泊船点①停下,朝大海的方向望去,不禁悲从中来……大海,你竟然变得如此陌生,我亦如是。在回家的路上,我一直听到大海在呐喊:"别丢下我。"

♪ ♪ ♪

我决定下次一个人来,独自和大海待在一起。

苏莱曼抱怨道:"天太冷了。"

我不想给任何人带来负担,出来旅行本是为了享受欢聚的乐趣,但愿我的灵魂能够平静下来。我已年过七旬,但我依然是那个疯狂思念着大海的少年。

前方没有任何东西阻挡我的视线,宽阔的海面上闪烁着粼粼波光。每次我在纳赛尔面前赞美大海的时候,他都会说:"您要是写诗,肯定都是关于大海的。"

"每个爱好者都会书写自己喜欢的事物。"

♪ ♪ ♪

大海是我的爱人……自从那天父亲在母亲的恳求下妥协,回绝了我,我就对母亲爱搭不理,整天都和好朋友穆罕默德·高塔米一起在我们的小船上玩耍,探索大海的奥秘和乐趣。母亲一直努力博取我的好感,可我却满心不悦地埋怨

---

① 沙姆兰泊船点位于科威特沙尔格区的东方市场附近,该市场紧临大海,主要售卖各类鱼、虾等海产品。这里所指的沙尔格区,正是小说开头所叙述的纳志迪船长家老屋所在的区域。——译者注

道:"要不是你干涉,我早就和父亲去海上了。"

"孩子,你还小,海上很危险的。"

"大海是我的朋友。"

"我的孩子,你没有任何经验,对大海一点都不了解。"

她的话激怒了我。那时潜水季已开始一月有余,我和穆罕默德早就商量好了。我对她说道:"我和高塔米准备去海上干活。"

她的眼神里顿时充满了怒火。

我继续说道:"我们打算跟着船长做事,在潜水船上卖水。"

"绝对不许去!"她威胁道,"再这样我真生气了。"

我爱自己的母亲,担心惹她生气……那时我胸中的委屈几乎要喷涌而出……但最后,我还是强忍住泪水从她面前走开了。


海面上风平浪静,只有些许寒冷的微风拂过。向前行驶的小艇将大海从沉睡中唤醒,在它身后留下了发动机的嘈杂声和白色的泡沫。就在这时,"海湾歌手"的歌声拨动了我的心弦:

嘿呦,在星宿间遨游……

我看向苏莱曼,他正忙着整理鱼线,阿卜杜·瓦哈比正在读报。

我手握方向盘,扫了一眼指南针。去艾勒亚格区的航线其实早就刻在了我的脑海中,我根本不需要它来指示科威特海岸的方向。我自小只要走过一条海上航线,就会牢牢记住它的曲度和水深。我曾经驾驶自己的"巴彦号",行驶到了非洲和印度海岸……所以驾一艘小艇出海,对我来说简直易如反掌。

꒰꒰꒰

十四岁的一天,父亲告诉了我一个好消息:"这次你可以和我们一起来。"

我兴奋地跳起来亲吻他的额头!我终于可以和父亲去潜水之旅了,终于可以回应大海的呼唤,一连好几个月都离陆地远远的。到时候我就可以睡在木质的船板上,离海水仅咫尺之遥,过上和水手们一样的日子。

第二天早上,父亲带着我从沙尔格区步行至始发点,查看水手们的准备工作和船只情况。夏天一到,大伙就开始为潜水季的到来做准备。海滩上热闹非常,水手们个个满怀热情与希望,一边唱着歌一边整理着潜水船上的物品。此时大船还架在陆地上,但是它很快就活跃热闹起来,上面时不时响起喧闹声和水手们的歌声。

我高兴地加入了水手们的队伍，和他们一起给船的木质表面上漆。这种漆通常由鲨鱼和沙丁鱼的提取物制作而成，气味异常浓烈，但我还是迎难而上完成了任务。我用双手把羊油与石灰粉调和成涂料，好让船只变得坚不可摧。在此之后，我和水手们一起给船底的各个部位上漆，从而使船免受海水盐分的腐蚀。

父亲和水手长达成一致，做出了决定："明天早上启航。"

那晚我彻夜未眠，躺在地铺上翻来覆去，一直在等待晨礼①时分的到来。第二天早上一吃完饭，我就拿起小包袱准备往海滩上跑。愿真主怜悯我的母亲，我还记得当时她一边亲吻我，一边用慈爱的目光望着我，温柔地对我说："这么急着去海上呀，我的孩子！"

我站在她面前，一时间不知该如何跟她解释。我多想向她发誓，告诉她自己整晚都没睡，一直听到大海的涛声在呼唤我："来吧。"

"你要离家四个月，面临饥饿和磨难……"她欲言又止，然后对我说道，"还有劳累。"

"我知道。"

"愿真主保佑，好让我熬过你们离家的这段日子，让你们平安顺利地归来。"她不停地祈祷着。

她口中的你们其实是指我、父亲和哥哥易卜拉欣，我们

---

①同前文对"礼拜"的注释。——译者注

几个都要在潜水季出海，可没人知道最后谁能回来。她泪如雨下地亲吻我，可我却急着逃出她的掌心，一跨出门槛就向海滩的方向飞奔而去，那隐秘的呼唤简直要让我兴奋地飞起来："来吧。"

🌙 🌙 🌙

我站在方向盘后面，驾驶舱的玻璃挡住了凛冽的海风。小艇飞速前进，发动机的嘈杂声唤醒了腾起的水花，前方一片开阔……许多时候，我的脑海里都会浮现出一种幻觉：要是我能在水面上行走该多好！

🌙 🌙 🌙

当我随父亲登上大船的那一刻，我的心简直激动得要从胸膛中跳出来了！那是我的第一个潜水季……启航的那天早晨，科威特的海岸边人声鼎沸。人们哭着向自己的孩子、丈夫和亲人们告别，祈祷他们能够平安归来，在这个尊贵的季节里收获满满的福气和财富。在夏季这几个月的时间里，水手们可能会面临各种未知的情况和采珠过程中的危险，甚至是死亡。

父亲在船舵后方的、靠近舵手的位置上坐下，随后发出了指令："颂真主，做礼拜。"

水手们好像就等着这句充满魔力的话，周围立刻响起了此起彼伏的声音：

  虔诚的人们，让我们向真主的使者致敬
  主啊，主
  主啊，慷慨的主
  主啊，至仁至慈的主①

这曲声就好像住进了我的耳朵：

  依赖着主的旅行者们，求主护佑
  主啊，你是我的依靠
  主啊，你明白我的现状
  慷慨的主啊，你知晓夜的漆黑

  我也不知道这些记忆究竟从何而来，有时我内心总感觉大海在呼唤我，唤起了深藏在我心底的、我们之间共同的回忆。
  小艇就好像知道驶向阿勒亚格区的路线一样，大海也好像在欢迎我的到来。

---

  ① 小说中除此处外，还出现了真主的多个美名。"中世纪伊斯兰教经注学家根据《古兰经》经文的内容，认为安拉除本名以外，还有99个美名。在这99个美名中，一类属于受人敬畏的称呼，另一类属于受人赞美的称呼，各个美名的用词都有其引申的内涵意义。"（见《中国伊斯兰百科全书》，中国伊斯兰百科全书编辑委员会编，四川辞书出版社，1994年3月第1版）——译者注

阿卜杜·瓦哈比和苏莱曼各自娱乐消遣着。

每个面朝大海的人，都在以自己的方式和它亲近。

))) ))) )))

第一次和父亲出海时，他曾经提醒我说："你要打开心扉和耳朵，认真记住我说的每一句话。"

当时我还是个少年，站在父亲身边听他说："大海是不讲信用、背信弃义的，它每时每刻都会露出不同的面孔。"他瞪大眼睛凝视着我说："船长要在脑中和心中记住海上的各个地方，记下每个地点、风向还有海岸的位置。"

我至今还记得那次旅程当中的所有细节，就好像它发生在昨天。起初我们朝着舒艾白区的潜水点前进，后来父亲又指示舵手朝乌姆·哈伊曼尼潜水点驶去。第一天晚上，父亲在潜水员们喝下泻药的时候，侧过身对我说："他们需要保持空腹状态，这样才能吸入更多空气。"

我们在那里停留了两天。

"这些地方都离科威特很近，水比较浅。"

愿真主怜悯您，父亲，是您口头传授给了我航海的第一课，对我说："在这儿潜水对他们来说就是热身。"

我们的船又走了三天，父亲选择在哈亚尔潜水点停下，那里正是采集牡蛎的好地方。他对我说："愿真主保佑你一切顺利。"

我认真地在脑中和心中记下了父亲、他的助手兼水手长，还有船舵后方的舵手说过的每一句句话。

)) )) ))

今天海上风平浪静，阳光灿烂耀眼。小艇在海面上行驶，发出嘎吱嘎吱的响声，画出了一条紧随其后的白线。阿卜杜·瓦哈比像往常一样翻看报纸，一边逐条阅读新闻，一边欣赏美妙的音乐。苏莱曼坐在工具箱对面，自得其乐地整理着鱼线。而我坐在方向盘后面，被平静的海面勾起了更多的激情。

)) )) ))

水手们通常在晨礼时分醒来，简单地吃一颗椰枣，然后再啜一口咖啡。父亲对我说："潜水员们不能吃东西，这样他们的身体才能保持轻盈，在水下有更长时间采集牡蛎。"

几天之后，我就明白了母亲所说的苦。每天太阳刚升起，潜水员们就开始了一天的工作。他们每个人身上都系着绑好石头的绳子，跟船舷上的水手保持着高度默契的合作。

潜水员深吸一口气，让空气灌满胸腔，随后迅速用塞子堵住鼻孔，防止海水灌入肺部。而后他一头扎进水中，随着重物沉到海底，在那里承受着强大的水压和遭遇饥饿鲨鱼的危险。他开始在海底收集牡蛎，将它们装进那个挂在脖子上的篮子里。当他感觉气快用完的时候,就拽一下或者连续拽两下绳子,这时船上保持高度注意力的水手就会接收到信号,以最大的力气和最快的速度将潜水员拽出水面,让他及时呼吸以免窒息和死亡,帮助他回到船上。

潜水员会在船橹上逗留几分钟。他从脖子上取下篮子递给自己的伙伴,后者则将篮子里的牡蛎倒在一旁的船板上,然后把篮子还给潜水员。随后他再次深呼吸,迅速戴上鼻塞,又一次回到海底寻找牡蛎。就这样来来回回下潜十个回合后,他会回到船上休息约十回合的时间。

自从太阳升起,潜水员们就一直在努力工作。他们不停地屏住呼吸,在海底面临各种潜在的危险。当船长看到黄色的夕阳逐渐西斜时,便大声说道:

"收绳。"

所有潜水员都回到了船上,嘴里不停地念叨着:"潜水是一种习惯,礼拜是一种功修。"

♪ ♪ ♪

远处出现了一艘巨大的油船。相比依靠船帆行驶的重型船只,小艇的动作显得格外轻盈。今天我们一艘渔船也没碰到,唯有我们这艘小艇赶走了海面的平静。阿卜杜·瓦哈比对我说:"港口管理处从交通部里面分出去了,归到了财政部。"

"财政和港口有什么关系？"

"我也不知道，《火炬报》上刊登的。"

我继续看着他，于是他赶忙问道："什么时候到？"

"还有不到半小时。"

苏莱曼还在自得其乐地准备、整理着鱼线，我亲切地和他开玩笑说："穆罕默德他爸万岁。"

"说这句话的人万岁。"

阿卜杜·瓦哈比放下报纸，站起来打开了一罐芒果汁。他将果汁递给我说："请。"

之后他给自己开了一罐，又递给苏莱曼一罐。

光滑如镜的海面诱惑着小艇越驶越快。

"我们这次选个好地方。"阿卜杜·瓦哈比对我说。

"你来选。"我回答道。

"你是船长。"他大笑着走开了。

)) )) ))

记得那年跟随船长优素福·本·伊萨·高塔米出海时，父亲曾对我说："你要跟着优素福船长学习，在他的指导下成为一名船长。"

愿真主怜悯您，父亲，是您将我与大海连在了一起。您对我说："优素福驾驶的船要给海湾沿线地区的许多潜水船供应水和必需品。跟他在一起，你会知道各个潜水点的位置和航行的路线。"

我很高兴父亲把我送到了优素福船长那里,因为我十分了解和欣赏他认真严肃的做事风格。

"如果你想成为一名船长,那就必须总结出一套海上航行的规律。优素福不会什么事情都讲一遍,你需要仔细观察大大小小所有的环节。"父亲嘱咐道。

我依旧记得那天,我和优素福船长还有来自马哈拉部落①的五位水手一大早就启航了。优素福船长始终沉默不语,他时不时掠过的目光让我心中感到有些忐忑。那天海上风平浪静,人们刚划动船桨,整艘船就轻而易举地在海面上推开了波浪。渐渐地,渐渐地,我们离岸边越来越远,科威特城慢慢消失在了视野之中。

我站在船舷附近观察船帆上的绳子。突然间,我感觉自己好像碰到了什么东西,紧接着就掉进了海里……我喊啊,喊啊,可是船依旧朝前驶去,没有一个人注意到我。这时我才突然发现,自己正在层层波涛中漂浮……这是大海第一次抛弃我。一阵恐惧涌上心头,于是我赶紧脱掉长袍以减轻体重,只留下了内衣蔽体。天空中艳阳高照,海面上波涛起伏,而我却孤身一人面临着两种选择:要么回到岸边,要么跟在船后面游,尽管我知道追上这艘船有多么艰难。我不断

---

① 马哈拉部落主要分布在也门的马哈拉省、索科特拉岛和阿曼的佐法尔省。同时,该部落还分布在科威特、沙特、阿联酋和索马里。——译者注

地问自己……可是我害怕回到岸上去，不想以失败者的身份面对众人的目光。最后，我终于做出了决定：今日的风很平静，船速几乎和风速一致，我就一直跟在它后面。恐惧一点点爬上心头，我努力让船帆不消失在视线之中，并在心里对自己说："船长或者其他水手发现我不见了，肯定会回来找我的。"我试图保持住双臂的力量，以免自己在力量耗尽后沉没。可是船却越开越远，四周的海面也变得越来越开阔，只有我独自一人用双手奋力地划水，充满恐惧地在波涛和高高的日头下挣扎。如果船长和水手们忘记了我，那船一定会在碰到第一艘潜水船的时候停下，为它提供水或者必需品。到那时候他们发现我不见了，就会回来找我。我就这样一直游着，希望自己能赶上他们，或者他们能注意到我的消失。

我游啊，游啊，游啊……我的双臂疲累不堪，呼吸急促，喉咙也干渴起来，眼看着船帆消失在了自己的视线之中。突然间，另一艘船出现了。可我不希望船上的任何一个人看见我，在回到科威特之后说："纳赛尔·纳志迪船长的儿子阿里出海第一天就掉进了海里，还是另一艘驶过的船发现了把他救上来的。"死亡不断逼近，我赶忙将身体和双手隐藏在水下，继续保持着呼吸。可我害怕自己被这艘船撞上，于是朝着离它航道稍远一些的地方游去。直到船渐渐远去，我才松了一口气……我继续游啊，游啊，游啊，恐惧的情绪也随着上上下下起伏的海浪不断逼近。我对自己说："大海是我的朋友，绝不会将我抛弃。"此时，我的前臂似乎越来越沉……太阳开始向西倾斜，面带倦色。如果我死了，那么人们就会说：纳志迪家的儿子死在了海里……就这样，我一直与波涛和恐惧搏斗着，双臂和呼吸都已疲惫不堪。于是我改换成了仰泳的姿势，好让自己的双臂休息一会儿。

我在心里不断重复着：我一定会赶上高塔米船长的船，或者他们发现我不在了，就会来救我。黄色的夕阳渐渐西斜，即将沉入大海……就在此时，远处突然出现了一艘船，那是高塔米船长的船，于是我的心中立刻腾起了希望、活力与热情！船越开越近，越开越近，那就是高塔米船长的船！……水手们的面孔渐渐浮现，他们迅速向我抛出了救生绳。

待我上船，众人异口同声地说道："万幸，万幸。"

其中一位水手扔过来一件长袍，让我盖在身上。

"你刚才准备去哪？"高塔米船长问。

"追赶你们。"

"那如果没追上呢？"

"你们发现我不见了，就会回来找我的。"

另一位水手递给我一些水和椰枣。那天晚上睡觉时，我的两只手臂一直处于麻木的状态，大海的呼啸声始终在我的耳畔回响。

第二天晚上，高塔米船长特地对我说："不是每个出海的人都能成为船长。"

我聆听着他的教诲："水手很多，但是能成为船长的人却很少。"

他的声音里夹杂着些许不安与担忧，说道："要想成为一名船长，就要做大海和风险的信徒。"

我时刻观察着高塔米船长的一举一动，只要他的目光朝我这边望过来，我就立刻跑前跑后地完成他下达的任务。

第三个月过去了，整个潜水季就只剩下了最后一个月，高塔米船长让我坐在船舵后面学习。当我们回到科威特时，他对我父亲说："你的儿子已经知道了很多关于科威特和海湾各地的情况。"

他停顿了一下，然后对我说："我很欣赏你的勇敢，但是你还需谨慎。"

♪ ♪ ♪

大海是我的朋友，只要它呼唤我，我便追随着它的呼唤。

小艇轻柔地掠过海面，好像生怕划伤了大海的面庞。海面上一片平静，只有发动机的嘈杂声跟随在我们身后。

阿卜杜·瓦哈比边听"海湾歌手"的歌边看报，苏莱曼自得其乐地整理着鱼线、鱼钩和铅坠。

🌙 🌙 🌙

第二次和高塔米船长出海时，他带着我从科威特驶向巴士拉，最终抵达了印度的海港。返航那天晚上，我和坐在船舵后方的掌舵手一起畅所欲言，听水手长讲那些过去的故事。当时夜已深，高塔米船长注意到我还没入睡。等到他翌日清晨醒来时，却发现我已经在他之前做完了小净①。

在那次航程中，我目之所及的四周只有大海，根本没有陆地，唯有眼前的大海和头顶的苍穹。我仔细观察地图和指南针，观测星辰的方向，用心聆听海风与船帆之间的对话。在那次航程中，我彻底懂得了"风就是船长航行的工具"这个道理。他正是凭借着风和真主的佑助，才得以抵达目的地。一路上我不停地问高塔米船长、水手长和舵手各种问题。当我了解并记下航线和港口的位置，能够提醒舵手即将发生的紧急情况时，心里别提有多高兴了！我观察着船帆张满时的状态和它倾斜的角度，以及桅杆与下方横梁所形成的直角；我盘腿坐在舵手旁边，和他一起抽水烟，一起在照

---

① "伊斯兰教的'净礼'，即穆斯林在礼拜或斋戒前使自己身、心、衣着洁净的宗教仪式。具体指'大净'和'小净'。'大净'（阿拉伯语称为'乌斯里'）即用净水冲洗全身。'小净'（阿拉伯语称为'渥都'）即用清水洗涤部分肢体和某些器官。"（见《伊斯兰教文化150问》，中国社会科学院世界宗教研究所伊斯兰教研究室编，金宜久主编，东方出版社，2014年第1版）
——译者注

亮指南针的明灯下促膝长谈。这些聊天、问题和对航海的热爱，都在我的心中苏醒……他一边和我聊天，一边手握船舵。每当风向发生改变或者船行驶至转弯处时，我都会及时提醒他……对此，他问过我好几次："难道你不信任我？"

"我当然信你，只是想考验一下自己。"

在那次航程中，我在如大山般涌动的黑色波涛中知晓了童年时问题的答案："大海究竟有多大的力量，才能够让庞大的船只在它的怀抱里变得如此渺小？"在一望无际的大海上，船只就像一块漂浮的小木板与海风一起嬉戏，与波涛和命运一起玩耍。那时我才明白，一块小小的木板在大海面前是多么的不堪一击。也是在那个时候，我亲眼看见男人们在大海发怒咆哮的时候，是如何害怕得浑身发抖，脸上露出畏惧死亡的神情，大声求救：

"主啊！"

他们同怒吼的波涛搏斗着，每时每刻都能感受到死亡的来临，只有真主的怜悯才能拯救他们。

可也正是在那个时候，我在心里对自己说："没有什么比大海更伟大！你，阿里·纳志迪，你将会成为大海正直孝顺的儿子，大海将会是你的朋友。"我暗自在心中许诺。

♪ ♪ ♪

"我们什么时候到？"阿卜杜·瓦哈比的声音提醒

了我。

我环顾四周，随后回答道："还有不到半小时。"

天空中艳阳高照，我坐在方向盘后方，面前放着指南针。小艇就好像知道航线一般，在海面上画出了一道白线。但是这条白线很快就消失不见了，波涛又恢复了平静以及它和大海之间的谈话。

"报纸上有什么新闻？"我问阿卜杜·瓦哈比。于是他走过来，然后在我的旁边坐下。

"没什么特别的。霍梅尼[①]向阿拉法特[②]承诺，将支持……"

"还有……巴勒斯坦的解放，只能由巴勒斯坦人民来实现。"

"说得对。"

旁边有好几艘船经过。

"苏莱曼倒是悠闲啊。"我对阿卜杜·瓦哈比说。

"他一直在不厌其烦地整理那些新鱼钩，给它们绑上鱼线。"

"消遣解闷而已。"

---

[①] 霍梅尼全名鲁霍拉·穆萨维·霍梅尼（1902—1989），伊朗伊斯兰共和国的最高精神领袖。他于1979年领导了伊朗伊斯兰革命运动，战胜了巴列维王朝，建立了伊朗独特的伊斯兰共和国政体。——译者注

[②] 阿拉法特全名拉赫曼·阿卜杜勒·拉乌夫·阿拉法特·古德瓦·侯赛尼（1929—2004），巴勒斯坦著名政治家、军事家，巴勒斯坦前总统、巴勒斯坦解放组织执行委员会前主席，1994年获诺贝尔和平奖。——译者注

"你好像没看指南针吧？"

"指南针在我心里。"我回答道，于是周围再次恢复了平静。

我继续站在驾驶舱中。大海总能教会人们忍耐，小艇飞速地向前行驶……还有不到半个小时就到达目的地了。

我向远处望去，面前是一望无际的大海。我在心里对自己说：是否钓到鱼并不重要，我是为了大海而来到了海上。

# 第 三 章

## 下 午 2：30

这片海很静，我准备关掉发动机……小艇开始安静下来，四周的波涛也渐渐恢复了平静。

现在的大海再美丽、再宽广不过了……我的灵魂怎能不享受这种一望无际的感觉？如果一个男人思念女人，那么他就会拥抱她，轻嗅她颈部的香气，尽情享受她柔软的身体，想将她融化在自己的胸膛中。那么一个人又将如何拥抱大海，将大海揽入怀中呢？

♪ ♪ ♪

我还记得那天，大伙在船上抛锚的时候，赛里姆脚步迟疑地走过来，似乎有很多话想说。

"我需要你的帮助。"

赛里姆是我船上最得力的水手之一。

"说吧！"我催促他道出心中的秘密。

"我想结婚。"

他迫不及待地告诉我,说他从去年开始就做梦都想和一个印度姑娘结婚,此前他已经向女孩的父亲做了自我介绍。他实在无法忍受与她相隔遥遥的日子,如果就这样回到科威特,他会死掉的。他恳求道:"你和我一起去提亲吧。"

"好啊!"我微笑着说。

那晚我穿上了最好的衣服,熏上了香,和他一起前往现场。

我开心地见证了这一切,为他提前准备了彩礼,提醒他不要将此事告诉别人,还在甲板上为他举办了一场音乐庆祝活动。回到科威特后我留给了他一笔钱,对他说:"去和你的新娘享受美好的时光吧。"

♪ ♪ ♪

微冷的海风好像在与我们一同嬉戏。

"这地儿不错。"我对苏莱曼说道。

"全托真主的福。"

小艇安静下来,开始了它与大海之间的谈话。有时我能感觉到,大海似乎不欢迎任何来访者或居住者的到来,只满足于自己的世界。它或高兴,或愤怒,时而呈现出白、蓝、红、绿、灰色,时而呈现出黑色的宁静或风暴……就好像不容许任何人在它的四周和深处嬉闹。许多时候我都在想,大海是不是因为这一点才不愿意和人类交朋友?但是跟一位深爱着它、对它的世界日思夜想的船长做朋友,于它而言又有什么害处呢?

我们像往常一样掏出鱼线,每个人抓住其中一端,然后将它抛入水中。我们享受着大海四周的宽阔和静谧,一起分享垂钓的乐趣,偶尔还聊聊天……我喜欢和阿卜杜·瓦哈比、苏莱曼出海,他们俩话都不多。

"抛锚吧。"我对阿卜杜·瓦哈比说。

"依从主的意愿。"

我离开驾驶舱的座位向船头走去,从箱子里掏出了湿漉漉的锚绳,于是我长袍的下摆便被船板上的水沾湿了……鱼儿们贴着船底游动,它们吐出的气泡接连不断地浮出水面。我侧身将锚绳轻轻地抛了出去……待绳子触到海底,我便将它的另一端绑在了小艇上。

"鱼食呢?"我问苏莱曼。

"在呢。"

他递来一个装着鱼食的尼龙袋。我回到船头的座位上,放出了鱼线。

"今天这儿只有我们几个。"我对苏莱曼说。

"那所有的鱼都是我们的。"他大笑着说,然后又满怀期待地补充道:"我们一定会满载而归。"

这里只有我们几人和大海的宁静。阿卜杜·瓦哈比也放出了鱼线。

我十分享受钓鱼的过程,每次垂钓都是一次冒险,都是我与挑衅的鱼儿之间的一场游戏。我在海面上,而它在海的深处。我抛出鱼线,聚精会神地倾听那来自海底的声音。而鱼儿正是在那里围绕着食物来回打转,小心翼翼地靠近鱼钩。那一刻时间仿佛凝固了,周围的世界就如同消失了一般,只有我在屏气凝神地感受鱼儿的靠近,等待着鱼线跳动的那一秒……它想抓住那一星半点的食物,而我却在等待它靠近的时机。有时我甚至能感觉到鱼在诱饵周围的动静,仿佛它就在那里觅食,正对着鱼饵呼气……就在它咬住鱼饵的关键时刻,我立刻猛地拉住了那根线。在这场游戏中,我们只有一方能够获胜:一种是它咬到鱼食然后逃走;另一种是它被钩子挂住,而我收到信号往回收线。如果这条上钩的鱼体形较大,那我就必须和它上演一场智慧的周旋。

和大鱼之间的游戏简直是太美妙了。我一直吊着那根线,只让那条鱼拥有有限的自由。有时我甚至忽视它,用最轻柔不过的力量牵拉着它,感受着它的顽抗和挣扎。鱼的体形越大,我们之间的游戏就愈加复杂有趣。有时我会在小艇附近发现它的踪迹,看见一条活蹦乱跳的鱼正在奋力地和命运抗争。然而,一条大鱼挑战大海的结果往往是灾难性的:

它可能会咬断鱼线，或是在挣扎求生的过程中撕裂自己的嘴巴。记得有一次，我花了将近一个半小时才收回了一条大鱼。许多时候，当我钓到一条颜色鲜艳的鱼，发现它不愿离开大海，拒绝屈服、顺从与死亡的时候，就会飞快地从它嘴里取出鱼钩，一边微笑着将它重新扔回海里，一边沾沾自喜地说道："谢谢，回家去吧。"

♪ ♪ ♪

"天哪！"阿卜杜·瓦哈比钓到了一条鳞片闪闪发亮的蜡鱼，它正悬在鱼线上不停地颤抖着。

"不错，不错！"苏莱曼鼓励道。

阿卜杜·瓦哈比从鱼鳃处取下钩子，然后打开塑料箱的盖子将鱼扔了进去，一股浓烈的腥气再次袭来。

"箱子里的水有点少。"阿卜杜·瓦哈比对兄弟苏莱曼说。于是苏莱曼起身从海里舀了一小瓢水，倒进了箱子里。

我感到指尖似乎有动静，赶忙拽住了线。还真是条鱼！鱼线沉甸甸的。

我用力拽啊，拽啊，拽啊……又是一条蜡鱼。

"穆罕默德他爸。"我举起那条挣扎的鱼，对苏莱曼说："是个好兆头。"

我抓住那条鱼光滑的脊背，艰难地从它嘴里取出钩子，然后拎着它走过去，把它扔进了箱子。我的手沾满了鲜血的味道，继续注视着那条挣扎反抗的鱼儿。

♪ ♪ ♪

"你要拒婚到什么时候？"

那天晚上我们都在父亲的房间里，一家人铺开红蓝两色的羊毛地毯，一起围坐在温暖的煤炉旁品茶，分享此前出海旅行的见闻。油灯灯芯中颤动的黄色火光照亮了整间屋子，将我们放大的影子映在四周的泥墙上。那两年母亲总是催我结婚，而我却不断重复着自己唯一的要求："如果不见见她，我是不会和那个女孩结婚的。"

当时我十九岁多一点，一周前刚回到家。那次我和高塔米船长一起出海去了印度，在那儿待了将近六个月。

♪ ♪ ♪

"侯赛因他爸！"阿卜杜·瓦哈比钓到了一条黄鳍棘鲷，它正悬在鱼线上不停地颤抖着。

"这地儿不错。"我对他说，然后又大声地和苏莱曼开起了玩笑："天儿很冷啊。"

他对我说："等吃饭的时候就暖和了，穆罕默德他妈——我老婆给咱们做了好吃的虾仁炒饭。"

"啊，真是好厨艺。"

苏莱曼知道我喜欢他妻子——穆罕默德他妈做的饭，特别是这道她拿手的虾仁炒饭：美味的米饭再加上用胡椒烹调的虾仁，她做的饭总能让我想起母亲的手艺。

♪ ♪ ♪

我仿佛看见了母亲和善的脸庞，听见她责备道："你都快二十岁了，周围所有的朋友都结婚了。"

"你知道我的条件。"我打断了她的话。

"我的儿啊，那不行。"

"不见见她，我是不会和她结婚的。"

"无能为力，只靠真主！"①她的语气里夹杂着一丝担忧，"那你准备让我等到什么时候？为什么如此折磨我？"

"你现在是船长了，必须得结婚。"父亲插话进来，于是我立刻明白母亲已经与他安排好了一切。

"这次你妹妹玛丽莲给你物色了一位新娘。"母亲说道。

"你母亲和妹妹都很爱你。"父亲在一旁平静地说。

"我必须得见见那个女孩。"我对妹妹玛丽莲说，随后又补充道："别告诉任何人，让她和她母亲来一趟，我就远远看一眼。"

---

①这句话是穆斯林常用的祈祷词之一，意思是有些事情对于人类而言是无能为力的，只有真主意欲之事才可以成功。"阿拉伯人在遇到困难时，会说'无能为力，只靠真主'。"（见《阿拉伯人的交际用语》，朱立才，《世界宗教文化》，2004年第3期）——译者注

"儿啊,这样可不行,你有自家的姐妹。"母亲反对道。

"这并非禁忌,符合伊斯兰法的规定①。"我打断了她的话,一旁的父亲也并未提出反对意见。

"没有一个科威特家庭愿意让自家的女儿这样做,也没有女孩或者女人会在陌生人面前露脸。"

"不需要她露脸,我就在她路过的时候远远看一眼,而且到时候你、她母亲、玛丽莲妹妹和家中其他姐妹都在场。"

"那姑娘很好,我知道的。"玛丽莲说。

"我有权见到她,她也有权见到我。"

我和莎玛成婚的那天晚上,玛丽莲妹妹走进了父亲家中我的婚房。这间新房的墙上刷着白色的石膏泥,地上铺满了地毯和垫子,还放着一张高高的婚床。她站在门槛处注视着我,于是我对她说:"请进。"

"我有个请求。"她用亲切的语气恳求道。

我微笑道:"说吧,我依你。"

"你确定?"她一直站在原地,脸上浮现出了害羞而甜美的微笑。

"确定,小玛丽莲。"

---

① 根据伊斯兰法,婚姻的缔结要经过以下程序:一是男女双方相互见面,相互满意。这是因为双方见面,相互满意以后,就不至于婚后再反悔,或者陷入苦恼之中。二是必须有两个以上证人作证并当众宣布双方的婚事,以便得到社会的承认。三是男方必须给女方一定的聘礼,适度适当,量力而行即可。四是请穆斯林中的德高望重者念证婚词。"(见《伊斯兰文明的历史轨迹与现实走向》,马明良著,中国社会科学出版社,2012年1月第1版)——译者注

"不要凶她。"我微笑着听她继续说:"你是我哥哥,我清楚你的火暴脾气。"

"我会平和、友善地对你朋友的。"

可她继续站在那儿,于是我向她保证:"真主为证,我绝不会违背自己的承诺。"

"我知道你可怕的脾气,还有你那颗善良的心。"她一边走远,一边大声说道,"但愿真主永远不会让你从我身边离开。"

随着夜幕的降临,我穿上了崭新的长袍,戴上了头巾头箍,套上了披风,熏上了自己喜欢的沉香,然后穿上了新鞋……父亲和我的两个兄弟都围在旁边:易卜拉欣、阿卜杜拉、高塔米家的亲戚们、街坊邻居们、各位船长、商人、父亲的朋友们、水手们,还有村子里的朋友们。他们一大群人簇拥着迎亲的队伍,向阿德萨尼家也就是莎玛的家走去。走在最前面的是一队打着灯笼的人,还有一群男士一边击鼓一边放声歌唱。

哥哥易卜拉欣高兴地喊道:"天哪,你的婚礼比我的盛大多了。"

♪ ♪ ♪

愿真主怜悯你,莎玛。你给我生了五个孩子,是我出海时家中最好的贤内助,一直帮我照顾家人和孩子们。记得有一次，我曾经对莎玛说："你是船长。"

她露出惊讶的表情，脸上浮现出一丝笑意。于是我跟她解释道："你是这个家的船长。"

那时候我一走就是六七个月，她就留在父亲家中照顾家人，打理家事，守护着这个家。

她去世那天我伤心极了。我强忍住告别的泪水，在她被黑色罩单①所包裹的遗体前轻轻说道："为什么，莎玛？你为什么要丢下我一个人？"

我和她的影子一起生活了许多年。虽然白天有自己的孩子们、姐妹们还有她们的孩子们陪伴，但是每当夜幕降临，莎玛的灵魂都会回来和我相聚。家里的姐妹们和孩子们都劝我续弦，坚持让我娶了第二任妻子努拉。

♪ ♪ ♪

"请吧，侯赛因他爸。"苏莱曼呼唤道："午饭好了。"

我收回鱼线……虾仁炒饭的香气飘满了整条小艇，也俘获了我的胃："看来你是真饿了，都找不到自己的魂儿了，

---

①根据伊斯兰教的丧葬礼制，人们会使用"克凡"来包裹亡人的尸身。"'克凡'系穆斯林土葬裹包亡人的白色棉布尸衣。伊斯兰教先知穆罕默德说：真主最喜欢白色布，生者着白衣，死者用白布做'克凡'。"（见《中国伊斯兰百科全书》，中国伊斯兰百科全书编辑委员会编，四川辞书出版社，1994年3月第1版）针对小说此处的情节，小说作者在回答译者提出的疑问时指出，这句话的意思是指在亡人尸身被裹上"克凡"之后，再用黑色罩单将其包裹。——译者注

侯赛因他爸。"我在心里对自己说，随后又对苏莱曼说："虾仁炒饭的香味简直太征服人了。"

"饥饿的人总是胃先说话。"他开玩笑回答道。

我和阿卜杜·瓦哈比、苏莱曼围坐在虾仁炒饭的盘子旁，边上放着一碟拌着蒜泥和辣椒的番茄酱。

大海在阳光的照射下渐渐温暖起来，在广阔的天地间独自静默着。小艇的四周空空荡荡，只有拥抱它的、一望无际的大海和二月海面上寒冷的微风。

"今天没看见渔船啊。"我说道。

"这片海域很大，可能有些船过会儿才来。"阿卜杜·瓦哈比回答道。

"也许吧。"

我们静下来享用美味的食物……饭一来，几个人的话也就少了，其间，苏莱曼两次把我的饭碟盛满。

"赞美真主，我已经吃了很多了。"我一边对他说，一边举手示意，背靠在了自己的座位上。

"愿您健康常在。"

♪ ♪ ♪

抽水烟是我的一大嗜好。我独坐在船尾的专座上，水手优素福·设拉子见状赶忙将烟递了过来。深吸了头几口之后，我感到无比的放松和惬意……这时我环顾四周，看见水手们正处于一片嘈杂和喧闹之中。我注视着眼前的一切,发现大海占据了我全部的视野。它时而闪烁着粼粼波光,时而被阴影所笼罩,时而与月亮在夜色中相伴相依。我的脑海中浮现出了这样的想法:船长们都是海的孩子,就像是它的子孙后代,他们每个人的灵魂中都装着关于海的秘密。这时周围的一切仿佛都消失了,只有水烟的雾气在四周腾起,大船在继续破浪前行……我满心陶醉地想:没有人会像船长一样独坐船尾,胸中满含自豪与欣喜地观察着这艘张满风帆的大船。

♪ ♪ ♪

"我来准备点茶。"我对阿卜杜·瓦哈比说。

"船长的茶不错。"他开玩笑地回答道。

我起身去烧水……我确定好茶叶的量,然后把它放进壶里,浇上了开水。

"你应该去萨利米亚区的'连锁书店'看看。"阿卜杜·瓦哈比手握《火炬报》对我说道:"它出版了《采珠史》的第二卷,作者是赛义夫·马尔祖克·沙姆兰①。"

"赛义夫是我朋友,下次他来迪瓦尼亚的时候肯定会给我带上一本。"

"这条新闻是昨天,也就是周日发布的。"

---

① 赛义夫·马尔祖克·沙姆兰(1926—2021),科威特历史学家,著有《科威特史》《科威特与阿拉伯海湾地区采珠史》等著作。——译者注

"我喜欢赛义夫·马尔祖克写的书,他非常热爱大海,书中的文字总是饱含赤诚。"

我给自己的杯子倒上茶,随后给阿卜杜·瓦哈比、苏莱曼也依次倒上。

"请。"我递过茶杯对他们二人说道,"可以按照自己的喜好加糖。"随后我端起茶杯,朝着自己的那个角落走去。

我享受着这杯暖暖的茶,脑海中关于大海的记忆便随之涌来。

˙ ˙ ˙

赛义夫记录的其实是科威特人潜水采珠的历史。和父亲一起参加了几趟潜水之旅后,我就厌倦了这份营生。潜水季通常持续四个月,其间,我们的船一直缓缓行进,从希尔区朝另一个地方驶去,一路寻找珍珠。从日出到日落,船长始终坚守在岗位上,观察着每位潜水员和另一头拽他上船的水手之间的配合情况。潜水员们一整天都要忍饥挨饿,只能吃些干椰枣,啜几口咖啡果腹,直到日落之后晚饭时间到来,大伙围坐在一个大盘子周围享用当地的米饭和鱼。待到夜幕降临,水手们就疲惫地进入了梦乡,船上的各种响声很快便消失了。

一天晚上,我悄悄对父亲说:"我不喜欢潜水这个职业。"

他像往常一样平静地看着我,于是我接着说:"整整四个月,船长都要盯着水手们。他们一整天都在辛苦地采集牡蛎,等第二天清早破开牡蛎的壳之后,在里面寻找可能并不存在的昂贵的珍珠。这份工作太危险了,爸爸。"

"生活的滋味很苦,我的孩子。"

"我想当一个航行的船长。"我向他坦白心迹。

"船长要跟恐惧和风成为朋友,风里来雨里去,他的一切都掌握在真主的手中。"

愿真主怜悯您,我的父亲,您说的的确是至理名言。

父亲啊,船长就是风的朋友。他了解不同季节风的方向和轨迹,聆听它的悄悄话;他要与风建立联系,破解它那些未知的符号;他的灵魂因柔风的到来而欣喜,也时刻警惕它的怒火;他遭受着风的欺凌,在它生气、疯狂大喊的时候相伴左右。

父亲啊,除了真主的佑助之外,船长只能依靠风前行。他要驾驶一艘没有发动机的、载重量达一百吨甚至一百五十吨的大船,在没有任何助力的情况下让船帆在风中张满,使大船朝着他想要的方向驶去……他的脸上浮现出笑意,灵魂也仿佛跟着船帆飘动,一起随着大船在海面上乘风破浪,朝着那个期待中的、赚取生活的港口驶去。风安静的时候,他便遵从它的意愿,信任它的这份宁静;风动起来,他便驾驶着大船顺着它的轨迹前行;风发起怒来玩弄他的船时,他便在咆哮声中与之并驾齐驱,祈祷着真主的佑助。他满腹经验，就像船舵后方的那根长矛一样坚定，镇定地指挥着舵手、船帆手和其他水手们。

船长是如此深爱着海风。风向他撒娇卖俏时，他的灵魂便因它的娇媚之态而快乐；风引诱他时，他便漂流在它的身后；风生气时，他便知道如何平息它的倔强与放纵。

父亲啊，船长要记住风的语言，就像记住自己的手纹线一样。

♪ ♪ ♪

"船长，茶喝得挺悠闲啊！"阿卜杜·瓦哈比的声音将我从回忆中拉了回来。

"没看他心不在焉？"苏莱曼大笑着补充道。

"我和回忆在一起呢。"我回答苏莱曼说。

"我知道你在想什么。"阿卜杜·瓦哈比说道，"你来海上其实就是为了和自己独处。"

"说对了。"

每个人都端起了各自手中的茶杯。

"继续回去钓鱼吧。"苏莱曼说。

这时，我看见一艘大船从远处驶过。

♪ ♪ ♪

"咱们家需要造一艘大船，一艘大客船。"

那天我正和父亲、母亲坐在客厅的草席上一起吃早饭。听到父亲这句平静的话，我的心便像风帆一样激动地飘扬起来。他接着说道："造一艘能运输货物和旅客、具有商业用途的船，这样就能在包括科威特、巴士拉在内的海湾地区，以及亚丁、东非、印度的各个港口之间往返。"

当时我二十多岁。父亲停了下来，注视着我说道："你去印度带回来些木料，以及所有造船的必需品。"

我站起来亲吻他的额头，以表感谢和祝福。父亲之所以交给我这项任务，是因为他确信我已经成了一名合格的船长。而他的这份信任，也给了我站在科威特乃至海湾地区所有船长面前的底气。

"你和他一起去吗？"母亲问他。

"不，阿里已经是船长了，他自己和水手们去。"

♪ ♪ ♪

1937年，造船师傅穆罕默德·侯赛因完成了船只的建造工作，我父亲给它起名叫"巴彦号"。

第一次驾驶这艘船出海时，阿里·本·侯赛因师傅一直相伴左右。到了第二年，我就一个人谨慎地踏上了旅途，心中充满了骄傲与欢喜。那时候我经常想，或许我就是科威特乃至海湾地区最年轻的船长。

1938年末，我的船在亚丁湾的穆阿莱港口停靠。一天，一位名叫阿里·本·阿卜杜·拉提夫·哈姆德的商人告诉我:"澳大利亚船长艾伦·维利尔斯想坐你的船去桑给巴尔①。"

我对该消息不以为然,心中并未腾起波澜,一直沉默着。于是他接着说道:"是位英国官员请我帮忙的。"

第一次见到艾伦先生,是在商人哈姆德办公楼一层的午餐桌上。他身材高大魁梧,像猫一样的双眼炯炯有神,伸出宽大的手掌向我致意,于是我起身与他握手寒暄。就在我们眼神彼此相交的一刹那,一座看不见的山丘便在我们两人之间耸立起来。

哈姆德和他讲了几句英语,之后对我说:"我告诉他,你是科威特最优秀的青年'努黑仔'②之一。"

他一直打量着我,就好像在掂量商人哈姆德刚才说过的话,之后再次问哈姆德:"努黑仔是什么意思?"

尽管我并不懂得他的语言,却立刻明白了问题的意思。哈姆德答道:"船长,也就是一个船的领导者,拥有对整艘船和船上人员的完全掌控权。"

哈姆德和艾伦用英语交谈了一会儿,然后和我解释道:"我跟他说:纳志迪是位集勇气、胆量、慷慨于一身的著名船长。"

---

① 桑给巴尔是坦桑尼亚的著名城市,今为东非重要驳运港,转口贸易兴盛。——译者注

② "努黑仔"为阿拉伯语单词的音译,意为船长。——译者注

"您过奖了。"我微笑着对哈姆德表示感谢。

"我是实话实说,纳赛尔家的儿子。"

面对艾伦的上下打量,我不禁面露窘色,转过脸去。此时此刻,他应该也明白了我的尴尬。

我问道:"这个外国人打算在我的船上做些什么呢?"

哈姆德回答:"他是一位驾驶大型机动船环游世界的船长,也是位作家和摄影师。"

那么,他将如何看待我和水手们在一艘帆船上的生活呢?

三日后,艾伦登船拜访。当时我的船正在亚丁港口抛锚,周围停泊着许多科威特的船只。它崭新而高大的外表在一众船只中十分显眼,于是我心中的骄傲与自豪之感便油然而生。

还记得那天晚上,我在"巴彦号"上为他举办了一场盛大的音乐会。那晚海风微凉,灯光照亮了船上的每个角落,上面铺满了伊朗地毯。我对水手长穆罕默德说:"把鼓敲热闹些,我希望这是一个难忘之夜。"

每当回忆起这些往事,我就仿佛看到了那灯光,听到了众人的喧闹声、歌声和掌声。

♪ ♪ ♪

我站起身,准备给自己再倒一杯茶。

"再来一杯吗?"我问阿卜杜·瓦哈比。

"谢谢……这里有时会刮起中速的西北风。"我注视着他,于是他继续说,"报纸上的天气预报是这样说的。"

"还有呢?"

"海情:微浪至高浪。"

"这周围浪小。"我对他说道,然后又大声呼唤苏莱曼道,"喝茶吗?"

"谢谢,不喝了。"

))))

那天晚上,船上备好了茶水、黑柠檬和杏汁……商人哈姆德和艾伦一到,我就立刻热情相迎,让他们和我一起坐在船尾,也就是船舵后方的座位上,还给他们两人的背后垫上了高高的羊毛靠垫。哈姆德面带微笑地对我说:"你还是像往常一样,不放过任何举办庆祝活动的机会。"

"没有比和朋友相聚,和音乐相伴更美好的时光了。"

"艾伦昨天到你的船上拜访之后,还记录描写了一番。"

"我知道。"我回答哈姆德道。

于是艾伦掏出纸开始读,哈姆德在一旁翻译着:"与海湾地区其他的舰船和小帆船相比,'巴彦号'是如此的高耸巍峨。它木质的主桅杆大约高出海面90英尺。至于那承载着三角帆的巨大横梁，则用三根互相绑在一起的树干制成，上面还缠绕着数根结实的麻绳。"

我的心头拂过一丝欢喜，哈姆德继续说道："艾伦告诉我说：'纳志迪的船体积硕大却不笨重，力量强大却不缓慢，在航线上行驶得非常平稳。'"

"你跟他说，这艘船是科威特人造的吗？"

"那肯定啊。"

那天晚上，艾伦一直忙着和哈姆德交谈。优素福·设拉子端来了阿拉伯咖啡，水手们摆上了甜点盘、无花果和椰枣。我坐在那儿抽着水烟，尽情享受着和哈姆德、阿卜杜拉·高塔米船长、我兄弟阿卜杜拉、船帆手哈姆德·本·赛里姆，以及其他商人们、船长们的聊天时光。我们大家都在哈姆德这位翻译的帮助下，尽可能地和艾伦对话。

船上的歌手易斯马仪·古特里给大伙唱起了那首忧伤的歌，水手们敲响了激烈而和谐的鼓乐。在这个港口之夜，美妙的歌声传到了商人们、水手们和工人们耳中。这时掌声响起，我和阿卜杜拉·高塔米一听到那撩人的乐声，就起身随着节奏一边跳舞一边摇摆。一群年轻的水手跟在我们后面跳起了热情的舞蹈，在乐曲声中拨动着他们的心弦，舞动着他们的身体。

离开的时候，艾伦对我说："非常感谢你的邀请。"他用自己所知道的一些阿拉伯语单词努力表达着，一旁的哈姆德解释道："艾伦非常享受这次晚会，说自己已经充分感受到了你极度的慷慨。"

我感到身上有点发麻，继续喝着茶。或许，我该休息一会儿了。

🜚 🜚 🜚

艾伦和我同行了六个月。我们于1938年末从亚丁出发，之后于1939年年中抵达科威特。这位航海家知晓驾驶机动船航行时遇到的各种险情和世界各大洋的情况，但他却一直很想了解阿拉伯航海者们的故事、消息和冒险活动。他曾对商人哈姆德说："阿拉伯的船只保留着最后的、仅存的古老东方的魅力。"

他之所以与我同行，就是为了探索阿拉伯人在没有发动机的情况下，是如何凭借季风的方向，以及船长与水手们的经验、聪慧和勇敢在海上驾船航行的。但是我很快就发现，他心中其实隐藏着对阿拉伯航海家进行观察和评价的想法。

🜚 🜚 🜚

这种麻木的感觉，几乎让我眼皮沉得都睁不开了："我去小睡一会儿。"我抬高声音对阿卜杜·瓦哈比说，于是他开玩笑道："上年纪了，你已经成老头啦，侯赛因他爸。"

"船长永远是少年。"苏莱曼插话道，于是我回答道：

"睡眠现在占了上风。"

我放下鱼线，感觉小艇很平稳，抛下去的锚线也十分平静。片刻沉默后，我似乎感觉到了些什么："天气不错，小艇也很平静。"

我对着空气说出了这句话，就好像在自言自语。

我用两只手臂挡住了刺眼的阳光，很快就进入了甜美的梦乡。

# 第 四 章

## 晚 上 7：30

小艇稍稍摇晃了一下,太阳已然消失在了视线之中。或许我已经睡了将近两个小时,这显然不符合我平常的习惯。我不该丢下阿卜杜·瓦哈比和苏莱曼,自己一个人去睡觉。努拉说得对:"你已经是个老人了,阿里。"

"睡得不错啊,今天垂钓的收获非常丰富。"阿卜杜·瓦哈比说。

我调整姿势坐起来,依旧面带睡意。我起身回到自己的座位上,打算饮一杯新茶。

黑暗已然将小艇包围。我抛出鱼线,感受到了微风刺骨的凉意,或许是因为我刚睡醒吧。

"看看我们垂钓的收获,有蜡鱼、马鲛、黄鳍棘鲷,还有石斑鱼。"苏莱曼高兴地告诉我这些鱼的种类。

小艇又摇晃了一下。我稍稍屏住呼吸,仔细倾听小艇周围的动静,发现似乎有股隐秘的波浪在同小艇嬉戏。我努力嗅着空气中的微风……之后又回到自己的座位上，重新拿起了鱼线。

♪ ♪ ♪

我感到手中的鱼线晃动了一下，开始往回收线，觉得它沉甸甸的。于是我调整姿势，站了起来。

"船长站起来了！"阿卜杜·瓦哈比的声音紧随其后。

"线很沉，好像是条矛鲷。"我一边对他说道，一边平静地往回收线，觉察到了这条鱼的顽固和反抗。苏莱曼丢下手中的鱼线，走过来站在我附近。于是我对他说道："这鱼真沉，是条矛鲷，但愿它别把绳子扯断。"

"你是船长……慢慢来，慢慢来。"

我平静地往回收线，越发觉得它沉甸甸的。就在这时，我才发现黑暗已经爬上了海面。

"把灯点上吧。"

苏莱曼赶忙去点亮了灯。

"垂钓越来越有意思了。"阿卜杜·瓦哈比说道。

就这样我收啊收，上演着我、鱼线和这条顽固鱼儿之间的游戏。这条鱼儿已经离小艇很近了，它的反抗和动作也变得更加激烈……我顺着它那股反抗的力量，一会儿松开鱼线，一会儿又收紧……我可不着急。阿卜杜·瓦哈比和苏莱曼坐在旁边仔细观察着我的一举一动，大伙都屏气凝神地关注着眼前发生的一切。我继续收线，这条矛鲷便离海面更近了……鱼儿被拉出了海面，就像发了疯似的挣扎反抗着。我继续往回收线。

"是条大矛鲷。"这条沉甸甸的鱼在我的双臂间奋力反抗。我担心它把鱼线挣断，赶忙将它扔在了船板上。

"侯赛因他爸万岁。"阿卜杜·瓦哈比在一旁鼓励道，"船长大人万岁。"

苏莱曼走到一旁，从大鱼的嘴里取出钩子，它的鲜血顿时洒在了船板上。

"今晚回去，我们把鱼儿分给家人和朋友们吧。"苏莱曼说。

"那肯定。"

苏莱曼小心翼翼地抓住鱼的鼻孔，拎着它朝塑料桶的方向走去。一路上那条鱼不断地挣扎着，不停地用尾巴拍打着船板。见他将鱼扔进箱子里，我询问道："桶满了吗？"

"桶大着呢。"他大笑着说。

"今晚的收获颇丰啊。"阿卜杜·瓦哈比回答道。

苏莱曼回到他的座位上，我也朝自己的位置走去，准备好鱼线上的鱼饵，重新将它抛入海中。

♪ ♪ ♪

一阵古怪的微风拂过我的脸颊，掠过了我的鼻子，那是我熟悉的暴风雨来临前的味道。可我不这么认为，因为现在尚在2月，发生海上风暴的可能性很小。这会儿正是垂钓的绝佳时机，小艇下面有很多条矛鲷。我看了看表，时间是晚上7点45分。阿卜杜·瓦哈比告诉我说，报纸上的气象预报显示，今日海面将由微浪转高浪……我们就在科威特的海岸附近，距离任何地方都不远。

少年和青年时期，我已然对最难走的海路烂熟于心。当时我们从亚丁港口出发，往东非的港口方向驶去，其间抵达津吉巴尔[①]和坦桑尼亚的鲁菲吉河[②]三角洲，随后又返回了南阿拉伯半岛和海湾地区的各大港口。艾伦·维利尔斯一路上记录下了船上发生的所有故事，之后与我一起回到了科威特。他非常喜欢科威特，在下榻哈姆德家的那段时间完成了书籍的编纂工作。诚然，他以自身的视角书写了旅途中发生的一切，有时甚至存在夸大和错误的内容。但他以多种语言出版了这本书，因此来自世界各地的读者都通过该书了解了我的故事。那趟旅程中的故事是永恒的，"巴彦号"大船是永恒的，科威特的航海史也是永恒的。

---

①津吉巴尔是也门南部的一座海滨城市。——译者注
②鲁菲吉河是坦桑尼亚的最大河流，流经坦桑尼亚南部大部分地区，最终注入印度洋。——译者注

✢ ✢ ✢

"我们什么时候回去？"苏莱曼问我。

或许这已经是他第四次询问返航的时间了……他的问题开始让我感到焦虑和不安，于是我对他说："你今天和往常不太一样。"可他始终沉默着。于是我继续问道："你害怕黑夜吗？"

"钓鱼很有意思啊。"阿卜杜·瓦哈比插话道。

"我不害怕，只是海上开始起风了，还有点冷。"苏莱曼一边解释着，一边离开自己的座位，站在了我和他兄弟阿卜杜·瓦哈比中间。

"那你是怕冷吗？"我注视着他问道。

"你着急回去吗？"阿卜杜·瓦哈比问他。

"不是，只是天气……"苏莱曼用妥协的语气说道。于是我对他说："我们一会儿就回去，不会逗留太久。"

"听你的。"他回答道，回到了自己的座位上，我也接着拿起了手中的鱼线。

✢ ✢ ✢

现如今，我的座位已经换到了小艇的头部……我曾经在靠近掌舵手的位置，为艾伦·维利尔斯安排了专座。自从与我一路同行，他就十分热衷于了解整艘船所处的位置以及它航行的路线。他在座位上时刻观察着指南针的方向标，以便掌握船只前行的方向。我在一位会说英语的水手的帮助下，对他说："希望你不要干涉任何船务。"

"我不会干涉任何事情。但是，请允许我提问。"

"就这么说定了。"

可他简直在座位上坐不住，不停地用那些支离破碎的、令人捧腹大笑的阿拉伯语单词提问。他根本听不懂我下达命令的口号，一脸迷茫地聆听那些科威特的航海专用术语，以及我对各位水手下达的指令。船帆手哈姆德·本·赛里姆·欧麦尔用响亮的声音不断重复着这些口令，而水手长则紧随其后。艾伦很难理解船上的工作体系，甚至对此感到苦闷，起初躲得离船上的歌手易斯马仪远远的。我一直默默地观察着他，渐渐地，渐渐地，这位经验丰富的船长就明白了，我其实是依照严格的体系开展船上的工作。我知晓其中的所有细节，任何时候都能够自如地应对紧急状况。他一直在仔细观察舵手、帆手、水手们究竟是如何接受、理解我的指令，并以最佳的状态完成任务的。

大约三个月后，旅程已经过半，他已经对我和水手们十分信任。有一次他对我说："真不知道你们是如何工作的。"

我一直看着他，于是他接着说："在西方，所有船上的事务都必须依照严密的工作和等级体系开展，每个人都各司其职，但是你们……"他停了一下，然后接着说："我也不知道，没有任何服装或者徽章将各位水手的职务区分开来。

你的一句话，就能调动船上的所有人。你的水手们在绳子上轻盈地跳来跳去，就像是……"他微笑着继续说道："你的水手们，以一种轻盈而奇特的方式在绳子上跳来跳去，就像猴子一样。"

当时他就坐在大伙旁边，用支离破碎的阿拉伯语和我、舵手，还有我的助手兼水手长交谈。有时他会重复自己想要表达的意思，直到大家理解为止。如果我们当中有人会说英语，那么他就会协助艾伦进行翻译。有一次艾伦对我说道："你们是辛巴达的子孙。"

后来他和我一起回到了科威特，我在父亲家中为他举办了一场盛大的筵席，许多船长、包括珍珠售卖商在内的商人和朋友都参加了那次活动。有一天，他站在我们家正对大海的门槛边对我说："你日日夜夜都与大海为邻，所以你才会如此热爱大海。"

垂钓的节奏慢了下来，我的鱼线沉睡在了海的深处。这时，我感到有股空气开始在周围活动起来。

"有新收获吗？"我问道。

"什么也没有。"苏莱曼坐在他的位置上答道。

"那我们回去？"我抛出了这个问题。沉默片刻后，阿卜杜·瓦哈比答道："稍微等一会儿。"

努拉叮嘱过我:"别回来晚了。"但是对渔民们而言,捕鱼的收获就是他们生活的来源。

宁静将小艇笼罩。我们好像都累了:阿卜杜·瓦哈比将报纸扔到了一旁,苏莱曼也关掉了录音机。只有我们几个在大海的静默和丝丝寒风中,等待着游过的鱼儿。

在大海广阔的怀抱中,我们的小艇就像一块小小的浮木。

夜晚使大海染上了一股神秘的气息和一丝沉默的阴森,它的黑暗无边无际,深不见底。

过往的记忆纷涌而至,将我带回到了从前。

♪ ♪ ♪

有一天,艾伦·维利尔斯坐在船舵附近的、船尾的位置上,一反常态地激动地站了起来。他满脸通红地对我说:"这简直令人难以置信,绝不可能发生!绝不可能!"他又饱含激情地说道:"你是一位富有经验的船长,又很幸运地拥有一群勇敢的水手。"

当时正值日出时分,我们的船正行驶在哈丰角①附近的山地岩石区,满载着沉甸甸的货物和一百多位喧闹的乘客。

---

①哈丰角是非洲大陆的最东点,位于索马里东北部哈丰半岛的顶端。——译者注

他们从亚丁、穆卡拉①，还有希赫尔②和哈德拉毛③等地登船，随船与我们一起航行。除此之外，还有许多来自希赫尔的贝都因人④带着孩子乘船前往非洲。我坐在舵手长旁边，时刻留心着船只行驶的航线。它必须在靠近陆地的海域谨小慎微地航行，才能避免船底触及海底；必须小心翼翼地避开嶙峋的礁石，才不会被尖锐的石头撞毁。我在船底的暗流与张满船帆的海风之间保持着平衡，任何一点失误都将使船陷入万劫不复的境地。我站在掌舵手身后，偷看了一眼指南针，扫了一眼张满了风的船帆，又扫了一眼船只在海面上行驶的轨迹，以及分布在各处的被乘客大军、孩子们和货物所包围的水手们。

大船应当沿着精准的航线行驶。我必须时刻做好准备，因为它每时每刻都与冒险和危难共存。突然间，我听到有人落水，紧接着就传来了孩子惊恐的哭喊声。那些来自希赫尔的乘客就像疯了似的一下子站了起来，只听见一位妇人焦急

---

① 穆卡拉是也门亚丁湾沿岸的一座海港城市。——译者注

② 希赫尔是也门东部的一座海滨城市，历史上曾经是香料之路上的重要出口港。——译者注

③ 哈德拉毛是也门东部的一个省，南临亚丁湾，北邻沙特。它拥有众多文化古迹和遗址，是也门重要的旅游胜地。"'哈德拉毛'是南阿拉伯的著名地区，这个地名自古代起一直沿用至今而未因历史的变迁发生变更，这在阿拉伯古代地名沿革中也属罕见的例子。"（见《阿拉伯伊斯兰文化史纲》，孙承熙著，昆仑出版社，2001年8月第1版）——译者注

④ 贝都因人的意思是"住帐篷的游牧民"，一般指阿拉伯半岛和北非沙漠地区过游牧或半游牧生活的阿拉伯人。——译者注

万分地大喊："我的孩子！"

大船突然发起怒来，一种魔鬼般的灵魂在乘客中间苏醒。他们互相推搡着朝船尾的方向拥去，想要寻找那个呼喊声的源头："孩子，孩子！"

两名水手赶忙跳进了海里。

"我的孩子，船长！"那位妇人向我大声求救。

我知道这个地区有许多鲨鱼出没，一边朝舵手大喊"转舵"，一边朝着大船应该掉转的方向挥手。

这个突如其来的动作使整艘船朝右倾斜，于是我又向帆手大喊："降帆！"于是帆手们赶紧在混乱之中朝绳子跑去，将主横梁降到了桅杆的中部。

"我的孩子！"那位妇人焦急的呼喊声越来越大，整艘船上的乘客都像疯了似的互相推搡。

要想掉转船的方向，进而使它恰好迎风而行，是一件非常困难的事。我们这艘船的船头正对着陆地，而船尾却顺着海流。船帆随着绳子的力量不断收缩，海潮不断将船推向海的深处和礁石的方向，风也使出了余下的所有力量填满了整张帆，推动着船向陆地的淤泥里行驶。要想使船停留在原地，就必须在两股力量之间保持平衡：一股是船下海流的力量，另一股则是船上风的力量。

绝对不能丢下那个孩子，让他沉入海底死去。我站在舵手旁边：一只眼睛关注着那些希赫尔人，只见他们大喊着、互相推搡着、疯了一般地向船尾的方向拥去，想要看看那个孩子的情况；另一只眼睛发现那个穿着衬衫的孩子依然漂浮在海面上，正在与海浪搏斗；一只眼睛监督着掌管船舵和指南针的水手；一只眼睛观察着船帆和各位水手；另一只眼睛看着船上的歌手易斯马仪和水手阿卜杜拉，正在波涛中奋力地朝那个孩子游去；还有一只眼睛警惕着埋伏在周围的鲨鱼。

"我的孩子！"

我的眼神和我兄弟阿卜杜拉交会在了一起，于是他立刻和水手长、优素福·设拉子解下了船上的救生艇。

"让开！"

刘 刘 刘

我朝那群希赫尔人大喊，可他们却不顾一切地朝船尾蜂拥而去。我的助手哈姆德·本·萨里姆想赶紧冲过来，站在我旁边指挥他手下的水手们，但是狂躁不安、相互推搡、拥向船尾的人群却将他和水手们的路堵得水泄不通。水手长阿卜杜拉·本·萨里姆立刻手脚并用地爬到桅杆顶端，从那里移到了横木上，之后再沿着横木一路小跑，最后顺着绳子滑到船尾。由此，他便在那群躁动不安的希赫尔人的头顶一路前进，最终达到了目的地。紧接着，所有的水手都按照他的路线跟了上去，形成一堵阻止进攻者们的人形堤坝，与他们混战起来。

具有黏性的沙子威胁着船头，高大嶙峋的岩石一直等待着凸起的时机。船上一百五十多人的性命、商品，以及其他行李的命运皆掌握在水手们的手中。如果这艘船沉没了，那么鲨鱼将吞咬我们的身体，使我失去所有的一切和自己的家。到时候船只沉没的消息便会不胫而走：纳志迪在"巴彦号"上丢了性命……这时，易斯马仪和水手阿卜杜拉已经游到了那个孩子身旁，水手长、设拉子和我兄弟阿卜杜拉正划着小艇，在汹涌的波涛中追赶那两位水手和孩子。那些希赫尔人越来越躁动不安，于是我冲他们大喊："离船舷远一点！"

"我的孩子！"那位妇人大声呼喊。

哈姆德站在我身边冲水手们大吼，我用右手牢牢地握紧控制船舵的木棍。海流与大风，淤泥与尖锐的礁石；孩子，两位水手，鲨鱼；我兄弟阿卜杜拉，水手长，设拉子，救生艇；降至桅杆中部的船帆，摇摇晃晃的大船……那一刻，仿佛是须臾之间；那一刻，又恍若是漫长的一生。我朝右侧迈步，可一位年轻人却突然朝我冲过来，于是我抡起木棒就朝他的肩膀砍去，将周围的空气劈得四分五裂。看到他僵在原地，我赶紧猛地用力将他推回了原来的人群中。

可恶的海流将船推向礁石，大风就像绳子一样牵拉着大船，将它带向淤泥的方向。

"我的孩子!"

我兄弟阿卜杜拉已经将船划到了两位水手旁边,只见他们两人奋力将孩子举上救生艇,随后也爬了上去。

"主啊!"一个贝都因人大喊。

救生艇载着孩子和五位水手准备返回大船,可此时的大船已经无法继续留在原地。妇女的啼哭声,乘客的嘈杂声、呼喊声,杂乱无章的行动、海流、大风、船帆、指南针、水手们、舵手……所有的一切都旋转交织在了一起。

我对舵手大喊:"回到原来的航线上!"于是他连忙转动船舵。我又朝帆手大喊:"把横梁支起来!"

要是大风继续吹动船帆,将船推向更远的地方,那么救生艇绝不可能在汹涌的波涛中追上我们……孩子、五位水手、鲨鱼、嶙峋的礁石,所有乘客的性命和大船的平安都系于我一身。

"我的孩子!"

水手们正在与那些希赫尔人混战,阻止他们朝同一个方向聚集。

我冲帆手大喊:"把船帆升起来!"

船帆重新在风中张满……渐渐地,渐渐地,整艘船开始掉转方向。这时,摇摇晃晃的救生艇上的人们拼命朝我们这边划过来,大伙赶紧给他们抛出了绳索。那位妇人绝望的哭喊声又在耳畔响起:"我的孩子!"

大船继续掉转方向,稍稍远离了海岸,高大嶙峋的礁石只能等待下一次时机了……水手们将救生艇拉了上来,那个哭泣着的、衣衫湿透的孩子终于出现了。我的心平静下来,注视着我的船员们说道:"所幸真主保佑大家。"我满怀自豪。

船帆在风中张满,大船继续掉转方向,终于回到了它原来的轨道。大声呼叫的人们平静了下来,希赫尔人也逐渐分散开来,叽叽咕咕地表达着对那个孩子得救的欢喜。原本围在我旁边的水手们也散开了,整艘船终于恢复了宁静。

那位妇人大声对我说:"你救了我的孩子,愿真主赐福于你。"

我环顾四周:感谢主。我轻声和大海对话,心中充满了喜悦之情,胸口一直提着的那股气终于松了下来。

艾伦·维利尔斯脱掉他的棉质礼帽,对我说:"我几乎不敢相信,你真是一位杰出的航海家。"

他的赞扬触动了我的心弦。

"我将在书中记录下眼前发生的这一幕,让全世界都知晓你高超的航海技能。"

♪ ♪ ♪

"侯赛因他爸。"阿卜杜·瓦哈比的声音传来。

一条矛鲷,在船板上不停地跳跃。

"这地方不错。"阿卜杜·瓦哈比欣喜地说道。

"垂钓的收获越来越丰富了。"苏莱曼补充道。他离开自己的座位走到阿卜杜·瓦哈比身边,然后从那条活蹦乱跳的鱼嘴中取出鱼钩,将它放进桶里。

看到阿卜杜·瓦哈比和苏莱曼十分享受钓鱼的乐趣,我的心中充满了喜悦。

一股隐秘的海流正在我们毫无防备的情况下伺机而动,晃动着整条小艇,锚线正带着它的秘密潜在海底。

或许我们不应晚归。阿卜杜·瓦哈比和苏莱曼还在享受着钓鱼的乐趣。

我来到海上,就是为了享受自己和大海之间的这些记忆,也只有它还保留着我生命中那些难忘的事件。

))))

艾伦·维利尔斯曾多次向我发难,说出他的想法:"你们总沿着海岸行驶,几乎从不让它离开自己的视线……阿拉伯航海家从不在宽阔的海面上行驶。"

他这种对阿拉伯航海者充满偏见的、并不准确的观点让我十分恼火。我曾经不止一次地和他讨论过这件事,但是他始终固执地坚持着自己的想法。

我还记得那次旅程。那时我们刚离开津吉巴尔,向阿拉伯半岛的南海岸驶去,行驶在宽阔的海面上。当时周围没有任何海岸可以为船长指引方向,时间正值深夜。我看了看地图，估算了一下我们所在的位置和瓜达富伊角①之间的距离，所有这些地点都刻在我的脑海中。我知道我们的船正在顺流而行，因此选择张开了船的主帆。艾伦·维利尔斯一直观察着我的一举一动，考验着我将船驶向岸边的能力。很显然，他的脸上浮现出了担忧的神情，对我使用主帆的做法并不满意。

他对我说道："小心，在这种风向中使用主帆很危险，而且现在已经是晚上了。"他沉默片刻之后，又满含忧虑地补充道："我不明白，你为什么晚上不开灯？"

我看了看他，然后说道："大约两个小时后，我们就能看到阿卜德库里岛②了。"

他没有应答，只是向我抛出了一个耐人寻味的眼神。

我接着说道："但愿我们能按时抵达。"

他始终用猫一般的眼睛担忧而又沉默地注视着一切，仿佛在回顾他驾驶自己的"康拉德号"环游世界的航程。我朝坐在船舵后方的舵手发出指令，再次确认指南针的方向，于是整艘船便在风中张满了帆，在黑暗中摇摇晃晃地开辟出了驶向海岸的航线。我始终保持清醒，时刻准备迎接任何一股背信弃义的风。在等待海岸出现的过程中，我感到自己的心

---

①瓜达富伊角位于印度洋中之也门属索科特拉群岛的内侧。此海岬对出的瓜达富伊海峡连接亚丁湾与索马里海，是非洲大陆的第二极东点。——译者注
②阿卜德库里岛是也门的岛屿，位于瓜达富伊角以东的印度洋海域，属于索科特拉群岛的一部分。——译者注

跳越来越快，睡意全无，太阳穴也在不断跳动。

当时我们三个人——我、艾伦、舵手一直坐在船舵后方。我始终保持清醒，而艾伦一直在等着我出错。在黑暗中，船头发出的声音打破了周围的寂静，整条大船在皎洁的月光下破浪前行。就在我看到阿卜德库里岛上光亮的那一刻，心中简直激动万分，嘴里不断感赞真主的庇佑。

我对艾伦说道："我们会在预定时间抵达目的地。"

他沉默片刻，然后说道："真不知道你究竟是如何抵达的。你简直就是一位将航线存入脑海的船长。"

♪ ♪ ♪

我继续坐在船头的座位上，手握着鱼线。这股可恶的气息究竟从何处飘入了我的鼻子？或许我们该回去了……你竟然开始惧怕大海了，侯赛因他爸。

我并不认为大风会在这个时候来临。时间尚在二月，我们与科威特的海岸只有一眨眼的距离。

天气依然晴朗，尽管我感到有一股自己所熟知的、可恶的气息正在向小艇袭来。阿卜杜·瓦哈比和苏莱曼还在享受钓鱼的乐趣，而我将始终保持清醒。

♪ ♪ ♪

随着第二次世界大战的爆发，海湾地区的商船活动因战争和炮火而停止。与此同时，日本人造珍珠产业的发展也熄灭了海湾地区的采珠热。随着1946年科威特第一桶石油的出口，科威特人纷纷离开了大海：船长们、包括珍珠售卖商在内的商人们、采珠者们、造船者们、水手们，所有人都背离了大海，去石油公司、商业市场和新的外国机构谋职。

大海悲伤地被众人忽视，我也像它一样将自己封闭起来。我没有向任何人吐露心中的苦楚，而是环顾着大海，不断对它重复道："你就是我的方向。除了你，我丝毫不知路在何方。"

那段时间我独自在海岸边漫步，看见许多艘船悲伤、沉寂而凄凉地倾倒在岸边的沙地里，便感到一阵痛楚涌上心头。我失望地轻声说道："干燥的空气将会侵蚀船的木头，大风将从它的侧面呼啸而过。"

))) ))) )))

悲伤咬住了我的心：大海不再是以前的大海，船也不再是以前的船了……我拔起锚，然后沉默地握着鱼线朝着另一个港口驶去，就好像自己就是为了航行、大风与危险而生。

有一次，阿卜杜拉·高塔米听完我的诉苦后说道："你一辈子都将是一位船长。"

潜水、航行的营生停止后，许多科威特的船只都被出售给了包括阿曼在内的海湾地区的人和印度人，还有另一些船在完成拆卸后变成了建筑材料和燃料，可我和我的伙计们却不愿意将船出售。我们成了各大公司的"燃料"，成了新城市里的商人。与此同时，石油公司开始招聘工人，商人们争先恐后地加入大大小小的西方商品行。各大公司和政府机构纷纷创立，并开始招纳新职员。人们都开启了崭新的生活模式，但是我——阿里·纳志迪船长，大海的朋友，我只拥有与大海、航行、贸易、大风、船帆相关的荣耀和本领。

为了迎合市场需要，我在自己的一艘船上安装了发动机，取代了之前所使用的船帆，重新做起了将商品运送到阿拉伯海湾地区港口和印度的生意。但是受第二次世界大战和印巴分治的影响，商品贸易的发展大不如前，黄金走私贸易应运而生，这种贸易充满了冒险、赌注与狂风带来的战栗。我迷茫地环顾四周，发现眼前是一座崭新的城市。我丝毫不知道这一刻它的心跳，只看见它的脸庞被抹上了水泥和颜料，充满热切与渴望地向前奔跑。我曾经多次尝试着加入商业项目，但是却从未得到过成功的眷顾。我不断重复道：对于真正的水手来说，只有大海才是他的工作和生活。我一边安抚着自己的心，一边提醒它：昨天已然逝去，生活永远都不可能退回到从前。

))))

我睁开双眼，发现自己依然是那个深爱着大海的人。我就像出生于大海的腹中一般，无时无刻不在思念着它。有时候，我的脑海中会掠过这样的问题：一个终其一生都与航行、大海和冒险为伴的人，怎么可能会满足于仅仅一天的垂钓时光？朋友们来海上是为了钓鱼，而我来这里却是为了追忆生命中最美好的时光。

海上一片寂静，周围只有黑暗、一丝寒风和小艇上的那盏小灯，阿卜杜·瓦哈比和苏莱曼依然在享受着垂钓的乐趣。

"回去吗？"我对阿卜杜·瓦哈比说。

"这会儿钓得正起劲呢。"他回答道。

"再过半小时就回去。"苏莱曼附加了一句。

"就这么说定了。"

♪ ♪ ♪

20世纪40年代末，许多科威特船长都卖掉了他们的船。我在"巴彦号"大船前走来走去，那时它就停靠在正对着我们家老宅的地方，在那片面积狭小的死水中静默着。可是，我却从未想过将它卖掉。

大哥易卜拉欣对我说："这艘船是咱们家的，不是你一个人的，你到底要用它做什么？"

我看着他，一言不发。

他补充道："你找不到水手们一起干的。"

他继续说，真主为科威特人打开了一扇通向富足生活与幸福的大门。他们不需要被迫驾驶着船只出海,去面对恐惧和死亡了。他说啊,说啊,说啊……直到我小弟阿卜杜拉道出了和他一样的想法:"我永远不会在海上工作,也永远不会驾船。"

♪ ♪ ♪

我一直从远处眺望着"巴彦号"。一天晚上,我走上了它的甲板,坐在了船舵后方的位置上。这时水手们的面庞和歌声似乎浮现在我的脑海,水烟的味道也仿佛将我环绕。桅杆在一片孤独和沉寂中伫立着,上面系着数根干涩的绳子。我好像回到了从前,看见兜满了风的船帆在冲我微笑,听到了大船四周起伏汹涌的涛声,看到港口的灯光在向我示意。于是我的灵魂便也跟着微笑起来,就好像自己刚从印度航行归来,急着跑回家见妻子莎玛和孩子们。

我坐在船舵后方,独自慢慢消化心中的痛苦。我为科威特远离潜水和航行而悲伤,为阿里·纳志迪船长感到悲伤,为大海感到悲伤。周围的黑暗将我吞噬,唯有痛苦与我相伴。我调整坐姿,用手指轻抚船舵和指南针。我起身用手掌抚摸着桅杆的木头,极力克制着心中想要投入它怀抱的渴望……最后,我在黑暗中拖着沉重的步伐,告别了我的"巴彦号"。

第二天早上,我对易卜拉欣说:"我要出趟门,你们可以按照自己的意愿处理这艘船。我不想留在这儿,眼睁睁地看着自己生命的一部分被卖掉。"

1967年,艾伦·维利尔斯在妻子的陪同下来到科威特,数日之间拜访了多位老朋友。当我们俩坐在一起聊天时,他向我吐露真言:"科威特变化真大,成为了一座现代化的城市。"

他抬起那张饱经沧桑的脸庞,语气平和地说道:"遗憾的是,你们离开了大海,没有任何事物能将你们和大海联系在一起了!"

我羞于向他诉说自己心中的酸楚……艾伦,石油改变了这里的一切;艾伦,我曾经一度,而且现在依然生活在困境之中,只有大海才是我赚取生活的唯一来源;艾伦,大海的儿子怎么能怨恨他的父亲呢?

♪ ♪ ♪

一股奇怪的波涛正在向小艇的周围袭来。阿卜杜·瓦哈比和苏莱曼依然在尽情享受着垂钓的乐趣……在一片黑暗中,一股可恶的气息正在跳动着,摇晃着我的心。

# 第 五 章

# 晚 上 10∶00

"风暴!"我用最大的声音疯狂大喊。

顷刻之间,那股可恶的气息就朝我袭来,将我环绕,堵住了我的呼吸。它就像只蜇人的蝎子一样,让我跳了起来:"风暴!"

黑色的风在船底活动起来,现在是晚上10点。我已经觉察到这股可恶的风出现在了四周。它偷偷摸摸、悄无声息地将这里包围,抚摸着小睡的大海的脸庞,试图将它从睡梦中唤醒,这可恶的风啊!

"把绳子割断!"我冲阿卜杜·瓦哈比和苏莱曼大喊。

这背信弃义的风,将在几分钟后陷入疯狂。

"快点,风暴来了。"

我应该相信自己的经验,早点返航的。

"锚绳!"阿卜杜·瓦哈比大喊。

可是已经来不及收回绳子了。

"快点，用刀，把绳子割断。"

我抓住绳子的一端，苏莱曼试图用刀将它割断。

小艇周围的风开始增大，激起了起伏的波浪。

"快点！"

"侯赛因他爸！"阿卜杜·瓦哈比的声音里充满了惊慌，"风太大了。"

我们几人合力割断了锚绳。我迅速掉头返回，不想却滑倒在了船板上。可我顾不上这些，赶紧爬起来朝驾驶舱的方向跑去。

"抓稳了。"

"主啊！"阿卜杜·瓦哈比的声音更大了。

"我都跟你俩说了。"苏莱曼冲我说道，但是我没有理会。

我启动小艇的发动机，站在方向盘的后方。一种莫名的力量仿佛撼动着我的心。侯赛因他爸，你是大海的朋友，我自言自语道。我站在驾驶舱内，方向盘的后面。黑暗在我前方，海岸的地图就刻在我的脑海中。比起指南针发出的灯光，我更知道路在何方，永远都不会迷失方向。

我们慌忙而逃……风暴将会击打四周黑色的大海。在它形成合围之势前，我必须从这个风暴圈中逃离出去。一旦风暴将四周的海面笼罩，那就很难突出重围了。

风暴的力量异常强大。侯赛因他爸，如果你能平安度过此劫，那么你将重获新生。

这曾经抚摸大海脸庞的风，它的威力开始逐渐加大。而大海，也将伴随着它力量的增强而陷入疯狂。我必须在这股风掀起滔天巨浪之前，逃出这片海域。而这股风，将在我眼前抛出一片漆黑的旋涡。

风暴已然察觉到我想逃离它的掌控，于是便朝小艇的方向加大了攻势，阻止我们的前进。它不停地击打着小艇，使小艇在它面前来回摇晃，显得十分地不堪一击。

"集中精力！"我朝阿卜杜·瓦哈比和苏莱曼大喊，"你们俩抓好了！"

科威特的海岸永远不会在我的心中消失，我能够从任何方向抵达它的岸边。

我们在捕捉鱼儿，而大海却在捕捉我们……这阵狂风趁我不备发起了进攻。它一直在等待黑暗的降临，以钓鱼的乐趣作为诱饵……而现在，它开始用咆哮宣布自己的到来。从四面八方袭来的一股股大风互相呼唤着对方，发泄着心中的愤怒，就好像它们获得了宝贵的垂钓成果似的，想要阻碍小艇前进的道路。除我们几人外，海面上没有任何一叶小舟或小艇，这就显得我们更加势单力孤了。如果我再开快一点，那么大风就会将小艇掀翻。这股可恶的风又开始向邪恶的雨求助，它不停地激起海上的波浪，向黑色的天空呼唤，以求天空帮它降下大雨。

我知道那股威力巨大的风暴，它就隐藏在黑暗的外衣之下。那背信弃义的风暴一直依附于人类而存在，好让他人单势孤。这时它便集结起力量与人类对抗，就好像在向他复仇。

大海啊，你是懂我的。纳志迪从不会在风暴面前软弱，更不会向它投降。我已年过七旬。我生于海的腹中，长于海的怀抱。我是东方的孩子，我是一位无所畏惧的船长，我是你的朋友：七重海①。我在小海湾和大洋中度过的时间，比在陆地上生活的时间要长得多。

♪ ♪ ♪

阿卜杜·瓦哈比和苏莱曼紧紧地挨着我。海面上愈发风高浪急，黑色的雨点倾盆而下，小艇不停地摇晃。我了解这可恶的风，它用吼叫激起了大海的傲慢，于是大海便咆哮着掀起了高高的浪头。这风知道如何与大海嬉戏，于是大海便与风并驾齐驱，奔跑过去满足风的欲望，去撼动、摧毁、玩弄世间最大的船只。

我不畏惧任何船帆的倾倒……小艇摇晃得更剧烈了。

"主啊，我们的庇护，风暴更猛烈了。"苏莱曼的声音

---

① "'七'在阿拉伯语中是一个文化内涵十分丰富、值得特别提及的数字。阿拉伯人偏爱'七'，以'七'为多，以'七'为喜。'七'在阿拉伯语中象征圆满、完美。"（见《汉语阿拉伯语语言文化比较研究》，朱立才著，新世界出版社，2004年4月第1版）——译者注

更大了。

我两只手握住方向盘,好让小艇保持平衡。我试图调整角度,使波浪只击打小艇的一侧,好让整条小艇躲过浪头。

海水从四面八方袭来,涌入了小艇。

"别太快了,侯赛因他爸。"阿卜杜·瓦哈比对我说。他和苏莱曼一起躲进了驾驶舱里。

狂风刮来了一阵暴雨,豆大的雨点噼里啪啦地落在了驾驶舱里。

水也涌进了小艇。风的口哨声、雨的哗哗声、波涛的呼啸声,无边的黑暗,摇晃的小艇,一切都交织在了一起……这时,我感到自己的腰部和膝盖隐隐作痛。

苏莱曼和阿卜杜·瓦哈比一言不发。他们俩充满恐惧地、僵硬地站在我旁边一动不动。

"我们的方向正确吗?"苏莱曼问我。

"从风暴中逃出,就是我们的方向。"

"主啊,我们的庇佑。"阿卜杜·瓦哈比哀求道。

大风从四面八方袭来,黑暗之窗在我的面前竖起。我几乎什么都看不见,可我依然记得海岸的位置,船长是不需要借助任何白昼的光或指南针的。我紧闭双眼驾驶着小艇,但是呼啸的狂风、疯狂的大雨和凶猛的海浪都在阻拦我的道路。

风暴不断阻碍着我的前进,想要将我卷入海的深处。小艇越前行，风暴就将它拽得越牢。或是将小艇向后方拉扯，或是不停地推动它，使它从其中一侧倾覆。这风暴还不停地鼓动大海，想要在它的帮助下将我击败。所有自然的力量都相互联合起来，对抗着人类的努力。

侯赛因他爸，你这一生曾经历过无数次死亡的瞬间，这并非你第一次面对风暴。只有在面对考验的时刻，船长才能展现出他的勇敢和经验。

"有什么需要我帮忙吗？"苏莱曼问我。

"没有。"

那堆积如山的黑暗从空中落下，落在了小艇前方。大风、波涛、雨水，将我们玩弄于股掌之间。

在垂钓的静默和乐趣中，我们忽视了那些隐藏的危险。而现在，它们正从四面八方呼啸而来。目光所及之处，狂风裹着滂沱的大雨、怒吼的波涛和黑暗的大山，一起来到了小艇周围。很快地，天空越压越低，最后和海平面重合在了一起，想要突破这一切简直是难如登天……即使是在白天，威力巨大的风暴也能遮天蔽日。待到光明逃之夭夭，黑暗便取代了它的位置。

我当时应该相信那可恶的气息发出的信号，及时返回岸边。苏莱曼提了好几次，要是我早点回去……汹涌的波涛从四面八方向小艇发起攻击，击打着它的两侧和船头，最后打在了我们身上。

二月寒冷的微风，居然会演变成一场疯狂的海上风暴。

"我们什么时候才能到岸边？"苏莱曼问我。

"先穿过这阵风暴再说。"

"开快点。"阿卜杜·瓦哈比对我说。

"我必须保持平衡，不然小艇就翻了。我们绝对不能硬干。大风猛烈地朝我们呼啸而来，浪掀得更高了。"

"我都和你俩说过了。"苏莱曼不停地责备道。

他的话简直就像在打我的脸，我绝不会做出回应。

我整理好头上缠绕的头巾……猛烈的风暴和寒冷已经降临，侯赛因他爸。我的长袍已经被雨水和脏污打湿，背部也感到阵阵疼痛。

这是你七十多岁时面临的人生新考验。这一切的发生，简直始料未及。而大海，就是想让你心生畏惧。

连天翻涌的波涛，裹挟着寒气从四面八方朝我们袭来。

我绝不会说一个字，也绝不会让恐惧进入大伙的心中。

"我们几个待在一起。"我用一种近乎提醒的口气说。

"愿真主庇护我们。"阿卜杜·瓦哈比担忧地答道。

要是我在靠近海岸的地方沉没，那就太令人难以置信了！

我陷入了黑色波涛的旋涡中……我牢牢地握住方向盘，好让小艇能够抵御下一次波浪的袭击。这时，我听到了鱼箱来回滚动的声音……小艇正在剧烈地摇晃。

那股在黑暗中呼啸的、背信弃义的风暴,将我们当成了消遣的玩物。

我应该相信心中那种不安的知觉,相信自己对那股气息的判断,还有苏莱曼的一次次请求。你不再是那个挑战大海的青年了,阿里!如果我们能够顺利度过这场风暴,那简直就是万幸。

"狂风怒吼,波涛汹涌。"

"开慢点。"苏莱曼对我说。

"我们的速度已经非常慢了,但是风暴……"

如果我减慢速度,让小艇继续在原地逗留,那么它肯定会倾覆。但如果我开得过快,它也会走向同样的结局。

侯赛因他爸,你是船长啊。只有船长,才是对船上所有水手的生命和船只安全负责的人。航程刚开始时,苏莱曼就抱怨海上的寒冷。而此时,阿卜杜·瓦哈比正畏惧地躲在我身边,就好像这样做便能躲藏在我的经验之下。

"太古怪了。"苏莱曼说。他继续补充道:"一眨眼的工夫,就变天了。"

船头不停地随着波浪升高,然后又降低。连天怒吼的波涛已经高过了驾驶舱的位置……大风想要将小艇掀翻。而另一波惊涛骇浪,正在击打着驾驶舱的玻璃。

"主啊!"阿卜杜·瓦哈比恐惧地大喊。

我连忙躲开面前那些破碎的玻璃——排山倒海的波涛击

碎了玻璃，瓢泼大雨噼里啪啦地落在驾驶舱的内部。汹涌的海水、滂沱的大雨、呼啸的狂风在驾驶舱和船头嬉戏。我的衣服，已经被水浸湿了。

"穿上救生衣。"苏莱曼提议道。

"让我们先把小艇里的水舀出去，救生衣会妨碍我们的行动。"我高声辩解道。

随着碎玻璃一起摇晃的小艇，在如山般的黑暗和狂风中瑟瑟发抖。

小艇上的灯正在剧烈的摇晃中颤抖。我一只手握住方向盘，另一只手将湿透的、沉甸甸的冬季长袍脱下……我将长袍扔到一边，大喊道："赶快把水舀出去，不然小艇就沉了。"

我熄灭了发动机。阿卜杜·瓦哈比手拿舀水容器，开始行动。我赶紧去寻找其他容器。盛米饭的炒锅……装虾仁炒饭的盘子也可以，我赶忙朝目标跑过去。浸满水的船头已经开始倾斜，逐渐沉没在了怒吼的海浪、大雨和黑暗之中。

阿卜杜·瓦哈比、苏莱曼和我，不停地将灌入的海水舀到小艇外面。倾盆大雨泼在我们头顶，连天翻涌的波涛从四面八方袭来。

"你把发动机熄掉了吗？"苏莱曼大喊着问。

"对。"

风暴欢乐地摇晃着，使小艇上的一切和我们都陷入了疯狂。

我已经七十多岁了,但是大海却背叛了我。为什么,大海!

我们将水舀到小艇外……于是大海便感到惶恐不安,接连不断地降下大雨和黑暗。

我们的逃离,惹得风暴不快;我们的反抗,就是对它的挑衅。这一切就像是在对抗的瞬间,自然对人类的惩罚。

"主啊,求你怜悯!"苏莱曼大声祈祷。

船头稍稍恢复了平衡。

我想去启动发动机,于是满身湿透地、颤抖着朝驾驶舱跑去,试图打着发动机……可为什么它没有任何反应呢?或许是水进到了机器里面。

"苏莱曼,你看看发动机。"我朝他喊道。

小艇剧烈地摇晃。我试图启动发动机,可结果却是徒劳。

"过来!"苏莱曼在船尾朝我们俩大喊。在疯狂的大雨中,我和阿卜杜·瓦哈比赶忙摇摇晃晃地朝苏莱曼那边跑去。这时,小艇的发动机已经被水浸没。

"求真主拯救。"阿卜杜·瓦哈比虚弱地说道。

"从这儿把水舀出去。"

风暴愈发猖狂,巨浪狂涌,大雨倾盆。所有的一切,似乎想要将小艇击碎。

"我们接下来做什么?"苏莱曼问我。

"把水舀出去，然后重新启动发动机。"

可是我怕如果……你永远都不能说出这句话，侯赛因他爸。阿卜杜·瓦哈比此时已接近崩溃。但是你，你永远都不会屈服。

努拉劝说过我："今天你就和我们待在家，不要出门了。"

但是我无法阻止自己的心，努拉。

傲慢的波浪从后方击打着小艇，另一股滔天的巨浪紧随其后。连天的海水，纷纷涌入小艇内部。

"小艇就要沉了！"阿卜杜·瓦哈比惊恐地大叫。

此时，小艇的尾部正在迅速下沉。

"让我们跳进海里去！"苏莱曼大喊。

疯狂的海水从四面八方向小艇翻涌而来，风暴高声呼喊着大海，高兴地庆祝小艇的沉没。我们几人在一片漆黑中瑟瑟发抖。

为什么，大海？我是你的朋友啊！！

"旋涡！"我朝他们俩大喊。

"小艇的沉没，将会带出一股威力巨大的旋涡。在它将你们俩卷走之前，赶紧跳下去。"

小艇上的灯熄灭了，黑暗正向我们发起攻击。

"快点，你们俩跳下去，然后分开一点。小艇的螺旋桨会将周围所有的一切拽向海的深处！"我朝阿卜杜·瓦哈比和苏莱曼大喊，"快！"

小艇上的物品，正随着风暴和大风陷入疯狂。

"救生衣！"苏莱曼大叫。我们几人在一片黑暗中，用恐惧的眼睛寻找着目标。小艇的尾部正在下沉，海水从四面八方将我们包围。

"我们几个一起！"我朝他们俩喊道，"跳下去，然后相互隔开点。"

"快！"

苏莱曼率先跳了下去。我向阿卜杜·瓦哈比所在的方向看去，可眼前却是一片漆黑。我在根本看不见他的情况下朝他大喊："快，阿卜杜·瓦哈比！"

我听见了苏莱曼在海水中的呼唤声："和我们一起跳下来。"

一种莫名的感觉仿佛抓住了我的心：船长不能弃船而走。

"快！"是阿卜杜·瓦哈比的声音。

"快，侯赛因他爸！"

"快点！"

像军队一般涌入的海水和黑暗，从四面八方将我包围。我，也跳了下去。

波涛和风仿佛将小艇上的一切都当作了玩物……小艇沉没了，救生衣已经被黑暗所吞噬。

"我们分开点游。"我听见苏莱曼大喊。

我们俩像盲人一般在黑暗中互相对话,朝着距离小艇远一些的地方游去。

"快点,大伙!"我在一片漆黑中大喊。

鱼箱在附近的海面上漂浮。于是我赶紧抓住它,然后大喊:"我抓住箱子了,你俩快过来。"

阿卜杜·瓦哈比和苏莱曼奋力地朝我这边游过来。

我们中的任何一个人,都看不见对方。

"抓住,抓住!"我冲他们俩大喊,"把里面的鱼倒出来。"

我感觉这些鲷鱼仿佛在幸灾乐祸。阿卜杜·瓦哈比已经抓住了鱼箱,苏莱曼正在朝他游去。

"每个人都抓住箱子的一边。"我冲他们俩大喊。

海风、波浪、大雨、黑暗、海水的冰冷,我只有身上的内衣蔽体。努拉对我说过:"今天天冷。"她还说:"别去了。"

"让我们一直抓着箱子。"苏莱曼说。

大海吞噬了小艇,黑暗已将它藏匿得无影无踪。波涛裹挟着箱子里的东西不断撞击我们的身体,看来是大海想要收回它的鱼儿。我们三人的头都浮在海面上,一起围在箱子的四周……周围全是黑暗、海风、波涛、寒冷和大雨。

天空越压越低,最后落在了我们的头顶。汹涌的波涛,仿佛要将箱子从我们手中夺走。

我已年过七旬,可是风暴依然凝视着我。

阿卜杜·瓦哈比和你年龄相仿,苏莱曼或许比你们俩还要小五岁。看来每个人的寿数,皆为天定。

"我们待在一块儿。"我用嘶哑的声音朝苏莱曼和阿卜杜·瓦哈比大喊。

天空好像触碰到了我们的头顶,要是我抬起手臂,肯定能和它撞个正着。

小艇,已然消失得无影无踪。

"主啊,请对我们仁慈吧。"阿卜杜·瓦哈比祈祷着。

风暴高兴得近乎癫狂了。它将小艇击沉,使我们陷入了孤立无援的境地,只能随着这个摇晃不定的箱子在海面上漂浮。

在过去的一段时间里,大海一直向我发出呼唤:"来吧。"原来,它已经为我设下了陷阱。

我抬头看向天空,黑暗遮蔽了我的双眼,瓢泼大雨噼里啪啦地打在我的脸上。

无论大风如何将我玩弄,海岸的位置都刻在我的脑海中。从小我就不惧怕黑暗,也知道如何在风暴中开辟自己的道路。

风暴定将平息,我会带着大伙一起回到岸边。

# 第 六 章

# 晚 上 10：30

我们离小艇沉没的地方越来越远。待风暴平息,岸边让我们心安的灯光就会出现,附近的标志物就会逐渐清晰。灯光对于水手们来说,就是生命的信号。

我永远不会迷失返回科威特的方向。

但愿这场海上风暴不要持续太久。

"风暴持续多长时间了?"苏莱曼问我。

"十点起风的,可能半小时。"

"那究竟还要持续多久?"阿卜杜·瓦哈比又问。

"只有真主知道。"我忧伤地回答。

我们用僵硬的手指紧握晃动的鱼箱边沿,全身都浸在海水中,四周黑色的波浪接连不断地朝我们打来。

"我要死了。"阿卜杜·瓦哈比的声音从后方的黑暗中传来。

"祈求真主的佑助吧,我的兄弟。"苏莱曼立即对他说,"真主保佑,但愿风暴能平息下来。"

"我的冬季长袍太沉了,不停地把我往海底拽。"

"我们来帮你脱。"苏莱曼提议道,"你抓好箱子,然后我和侯赛因他爸一起帮你把长袍脱掉。"

阿卜杜·瓦哈比将和我还有苏莱曼一样,身上只剩下内衣。

"把长袍的领口撕开,这样就容易脱了。"我朝阿卜杜·瓦哈比大喊,于是他妥协照做了。

我们在一片黑暗中对话,根本看不见对方的脸。

我注意到了自己的头巾,于是将它解下来拧成一股绳,大声对阿卜杜·瓦哈比说:"别脱离这个箱子。我把头巾绑在你手腕上,之后我拽住它,苏莱曼再帮你脱长袍。"

箱子随着波浪陷入了疯狂,似乎想要脱离我们的掌控。我死死抓住阿卜杜·瓦哈比,用头巾将他妥协的手臂牢牢固定。

"苏莱曼!"我在一片漆黑中对他说,"我已经把阿卜杜·瓦哈比的手臂绑住并且拉住他了,你帮他把长袍脱下来。"

寒风裹挟着雨点,打在我们的脸上。

苏莱曼从领口处开始,想要将长袍从他兄弟阿卜杜·瓦哈比身上拽下来。于是整个箱子,还有我们几人便随着这股力量一起晃动。

"快点!"苏莱曼一边拉扯着长袍一边大喊。阿卜杜·瓦哈比的身体已经完全妥协,那条头巾的一头绑在他的手臂上,另一头缠在我的手上。

"你抓紧长袍的领口!"我冲苏莱曼大喊,"我们每个人分别从其中一侧往外拽。"

为什么,大海?

我曾对父亲说:"大海是我的朋友。"母亲曾对我说:"你是个毫无经验的生手。"我放开阿卜杜·瓦哈比的手,朝他大喊:"抓好箱子。"

我一边寻找他衣领的开口处,一边对苏莱曼说:"我们一起使劲,每人拽一边。"

水手们在航行时,总是齐心协力地拉动船帆的绳子。

我伸出双手,在一片漆黑中摸索着长袍领口的位置,根本看不见阿卜杜·瓦哈比的脸。最后我终于抓住了他长袍的领口,说道:"使劲拽!"我一边朝苏莱曼大喊,一边用力将长袍的领口朝自己这边拉扯,于是整个箱子都跟着摇晃,阿卜杜·瓦哈比也随着这股力量朝我的方向移了过来,他长袍的领口终于解开了。

"这真是逢凶化吉!"我欣喜地说道。

"把你的手臂从长袍里面伸出来!"苏莱曼朝他兄弟阿卜杜·瓦哈比大喊。

寒冷将我的肩膀、脖子和头包围,我因方才滑倒而感到背部阵阵疼痛。

"主啊，求你怜悯！"阿卜杜·瓦哈比求助道。他倚靠着箱子，试图将手臂伸出长袍，于是箱子的一端随即沉入了海水中。

"别老盯着箱子。"我一边对他说，一边摸索着他手臂上缠绕的头巾。如果阿卜杜·瓦哈比的手松开箱子，那么他就会沉没。

"我的长袍挂在另一只手臂上，脱不下来。"阿卜杜·瓦哈比向我求助。

浸没在海水中的冬季长袍，将我们拉向了海的深处。

"我把你手腕上的头巾解掉。你另一只手抓好箱子，然后我帮你把长袍脱了。"

我解开头巾，努力不让阿卜杜·瓦哈比离我而去，随后将头巾绕在自己的脖子上，好让它不要跑到别处。

风暴陷入了疯狂，周围的一切都被黑暗、雨水和波涛所包围。冬季长袍的重量都压在了我的手臂上。努拉曾对我说："你不再年轻了。"我努力将阿卜杜·瓦哈比的手臂往外拽，整个箱子便随之晃动起来……我拉住长袍肩部的位置，用力将它脱下。"把手抽出来！"我冲阿卜杜·瓦哈比大喊。长袍终于脱了下来，我立刻将它扔到一旁，于是它便和四周大海的黑暗融为了一体。

阿卜杜·瓦哈比只穿着一件内衣在海水中漂浮。黑色的波涛，从四面八方朝我们袭来。

"抓好箱子。"我对阿卜杜·瓦哈比说。

"我们接下来怎么办？"他的问题和黑暗交织在一起。

"一直抓着箱子，直到风暴过去。"

"我们会被冻死的。"他绝望地答道。

"绝对不会，我曾经在救生船上待过一整夜。"

"别去想死亡这件事，风暴会过去的。"苏莱曼反对道。

"一小时之前，大海还很平静……"我对他说。

"我们应该早点返航的。"苏莱曼不悦地打断了我的话。

"我问过你们俩的……"我咽下了后半句话。

我绝不会埋怨任何人："我来承担错误。"

"这是真主的意愿，我的兄弟。"苏莱曼的话顿时宽慰了我的心。

风暴愈演愈烈，如山般压来的波涛不停地上下翻涌。我们就这样抱着不断摇晃的箱子，任由冰冷的雨水打在头上。

"我们所拥有的，只有真主的怜悯。"阿卜杜·瓦哈比说。

"我们就一直抓着箱子，直到风暴平息。"苏莱曼答道。

"那什么时候风暴才会停？"阿卜杜·瓦哈比问我。

"不会太久，这种风暴来得快去得也快。"

记得有一次，阿卜杜·瓦哈比在迪瓦尼亚聚会的时候说过:"和船长在一起我什么都不用操心。"当时他聊起了海上旅行,不断地表达他对我的信任:"侯赛因他爸就是那七重海。"

阿卜杜·瓦哈比啊,现在七重海的船长就在你的身边,可他却和你一起紧抓着鱼箱,浸在黑暗的海水中。

风越刮越大,我不认为它会在短时间内平静下来,可我绝不会向任何人泄露这个秘密。

侯赛因他爸,你一生经历了很多次大风大浪,可那时你并不是一位老人。

"风暴会过去的,我们会得救的!"我大喊道,就好像在自言自语。

"我们就这样抓着箱子,朝哪个方向游啊?"苏莱曼问我。

"我们在朱莱阿区附近。"我抬头望向天空……它将黑暗和雨水灌入了我的双眼,浸没了我的脸庞和呼吸。这场风暴想考验我,可海岸的位置就在我脑海中。

"等风暴停了,我们就游向岸边。"我回答苏莱曼。

"什么时候?"阿卜杜·瓦哈比不断重复着这个沉重的问题,我在一旁装作没听见。

黑暗的天空简直令人窒息……我们的全身只剩下头部还浮在海面上。雨水和大风,还在接连不断地袭来。

主啊,如果你非要带走我们当中的一个,那就带走我吧。我是阿里·本·纳赛尔·纳志迪……我还有什么脸面对科威特人?对我而言,死亡就是最大的光荣。主啊,请不要在我年迈时羞辱我。

⁂ ⁂ ⁂

父亲曾对我说:"大海不会和任何人交朋友。"

我从未想过,一场背信弃义的风暴居然会发生在二月中旬。

我深知这至暗的时刻。每一刻都仿佛是一个世纪,每一刻死亡都可能降临。

"我冷得开始发抖了。"阿卜杜·瓦哈比抱怨道。

"别泄气,我的兄弟。"我回答道,并冲他大喊,"如果你泄气了,那我们的士气也会随之减弱。"

"坚持住,我的兄弟!"苏莱曼大声说。

我担心阿卜杜·瓦哈比会沉没,决定再次用头巾绑住他的手臂,之后将头巾系在箱子的把手上。一旦他感到筋疲力尽手松开了箱子,那么整个箱子就会拉住他,于是我从脖子上再次解下头巾。

"把手臂给我。"我在黑暗和大雨中对他说。波涛使箱子陷入了疯狂,我们的身体也随之摇晃起来。

"我把你的手臂系在箱子的把手上。"

"不!"他不情愿地拒绝道。

"要是我沉没了,我自己会拉住箱子的。"

"忘了沉没这件事儿!"我生气地冲他大喊。

在一片黑暗中,我们俩像盲人一样冲对方大吼。我用手掌摸索着他手臂的位置,感觉到他的右臂正抓着箱子的把手。于是我卷起头巾,随意地将它缠绕在把手周围。

"你应该将手臂从箱子把手的另一侧伸过来。"我对他说道,随后立即对苏莱曼说,"我们把箱子转过去,这样它的把手就挨着阿卜杜·瓦哈比了。"

此时,阿卜杜·瓦哈比已经在黑暗中完全屈服妥协了。

阿里,你为什么要冲阿卜杜·瓦哈比大喊大叫?此时此刻,他正在被恐惧和软弱包围。

劲风在四周狂啸。

"大家抓紧了,风暴越来越猛烈了。"苏莱曼叮嘱道。

我们手中的箱子摇晃得越来越剧烈,它里面已经浸满了水。

我抓住头巾的一端,想要将它绑在箱子的把手上……我不想让我的朋友阿卜杜·瓦哈比沉没。自从来到这里,我们就没有看见一艘小艇或船只。即使现在有船只驶过,船上的人也根本看不见我们的踪影,也听不见我们的呼救。

"我们要在这里待到什么时候?"阿卜杜·瓦哈比再次提出了这个令人痛苦的问题。

"风暴会平息下来的。"我回答他道。

"你们看！"阿卜杜·瓦哈比在黑暗中大喊，"光，海上指示灯的光！"

我定睛看去，说道："那是朱莱阿区的指示灯。"

"感赞真主！"苏莱曼喜出望外地说，之后又补充道，"我们朝它靠近吧。"

"很远的。"

"我们可以试着朝它的方向游。"苏莱曼饱含激情地回答。

海面上波涛汹涌，风高浪急。从哪个方向游过去，才是最简单的路线呢？苏莱曼怎样才能抵达指示灯所在的位置呢？……此时四周正狂风大作，波涛连天，大雨倾盆。

"你应该从这里游过去。"我用手朝正确的方向指去，然而黑暗却吞没了周围的一切，于是我冲他大喊道："游过去，绝非易事。"

"那我就放开箱子，然后自己游过去。"苏莱曼也喊道。

"要注意看海上指示灯的位置。"我对他说，"我们就跟在你后面。"

"我也游过去。"阿卜杜·瓦哈比说。

主啊，求你怜悯他。

"你可以吗？"我问他。

"能，我就在苏莱曼附近。"

"等一下，我把头巾解开。"

我解开了头巾。苏莱曼问我道：

"你不和我们一起吗？"

"我抓着箱子跟在后面。如果你们当中有人累了，就回到我这里来。"

"一旦我们上岸，你就一起来。"

"你们俩得救才最重要！"我冲他大喊。

我松开了阿卜杜·瓦哈比的手臂，随后握住苏莱曼的双手说："挺住！"

他呼吸急促地说："愿主护佑。"

黑色的波涛愈加猛烈地晃动着箱子，我冲他们大喊："你们俩一个接着一个地慢慢松开箱子，然后待在一起。"

他们俩将独自面对汹涌的波涛、呼啸的狂风和夜的漆黑。

"我们俩一起游，不要离我太远。"苏莱曼提醒阿卜杜·瓦哈比。

我朝海上指示灯的方向望去，看见它在视野中起起落落。要想游到那里简直是难如登天。谁靠近那些尖锐而嶙峋的珊瑚礁，就会被它划破身体。而血的气味，将会引来海里的鲨鱼。

"我会一直抓住箱子，跟在你们附近的。"

"你向真主保证吗？"苏莱曼松开了箱子。于是我紧接着回答道："原谅我，穆罕默德他爸。"

阿卜杜·瓦哈比跟在苏莱曼身后……这时，苏莱曼的声音传来："我原谅你，侯赛因他爸。"

黑色的天空压在我的头顶……只剩下我独自抓着来来回回摇晃的箱子，任由它捉弄。

他们俩渐渐向远处游去，我已经无法在黑暗中一一辨认出其中的每个人了。

我用一只手划动海水，一直跟在他们附近……我担心阿卜杜·瓦哈比。

箱子愈发疯狂地摇晃，想要挣脱我的掌控。

我用一只手划动海水，可箱子怎么都不听我指挥。我绝不会离他们而去，一定会跟在他们身后。海上指示灯发出的光时而显现在视野中，时而又消失不见。它距离我们现在的位置并不近，再加上风的阻力，要想游到那里简直是难上加难。嶙峋的珊瑚，将会阻挡任何一位靠近者的去路。

只剩下我一人独自抓着这只疯狂的箱子，我已经无法在黑暗中一一辨认出其中任何一个人了。海上指示灯离这里并不近……我努力向前划去，可是汹涌的波涛却始终阻挡着我的去路。

大海背叛了我，是我失算了。我应该预料到那阵狂风，还有那可恶的气息究竟意味着什么。

黑暗与波涛吞没了所有的一切，阿卜杜·瓦哈比在哪？

要是我努力向前划去，或许还能追得上他，我绝不会让他沉没……可是，我已经开始感觉到疲惫。

"主啊！"我大声呼喊，可是呼啸的波涛却吞没了我的求助声。

阿卜杜·瓦哈比在哪？我冲他大喊："阿卜杜·瓦哈比。"我感觉他就在附近。

"阿卜杜·瓦哈比！"

在呼啸的波涛和大雨中，我仿佛听见了他的声音。

"阿卜杜·瓦哈比！"我仔细聆听周围的声音。

"侯赛因他爸。"我听见了应答声，阿卜杜·瓦哈比还活着。我环顾四周，可是黑暗已然吞噬了一切。

"阿卜杜·瓦哈比！！！"我使出最大的力气大声呼喊。

"我在。"

我在海水中胡乱摸索着，一边拉住箱子一边朝前划去。我划啊，划……我的双臂、背部，还有我的声音，已经非常疲惫了："我游去你那里。"

我慢慢靠近阿卜杜·瓦哈比……我继续拉住箱子，双臂已经疲惫不堪……阿卜杜·瓦哈比，正在朝我游过来。

"把手给我。"我抓住他的手臂，胸中的某种力量也随之颤动起来。

# 第 七 章

## 晚 上 11：00

"风向变了。"我对阿卜杜·瓦哈比说。

"我们离海上指示灯越来越远了。"

"我看不见它的光,或许苏莱曼已经游到了。"

"海涛,还有大风……"我缄口不言,担心接下来的话会让他更加恐惧。此时此刻,我已然感受到了他心中的绝望。

"我们抓紧箱子,直到风暴平息。"

海风将我们推向了和海岸截然相反的方向,可我绝不会将这一切告诉阿卜杜·瓦哈比。

"冷。"他抱怨道。

我多么希望自己能帮助他。

"抓紧,我的兄弟。"

风雨愈加猛烈,箱子已然陷入了疯狂。

阿里,你为什么未能预料风暴的来临?那股气息其实一直环绕在周围,你就不应该去冒险。你究竟打算执拗到什么时候?

"风暴持续多久了?"阿卜杜·瓦哈比问。

"不知道。"

"等风暴停了,或许就会有船只驶过。"

他的这句话让我喜出望外,我们两人在黑暗中互相大声喊话。

"但愿苏莱曼已经游到了指示灯那里。"他满怀期待地说。

 ♫ ♫ ♫

我们离小艇沉没的地方越来越远,海上指示灯的光也消失在了视野中。

待风暴过去,无论我身处何方都能知晓海岸的方向,绝不会认错科威特海岸和岛屿的位置。

可四周的黑暗却使我迷惘彷徨。我看不见阿卜杜·瓦哈比,于是伸出手去触摸他的手掌。

"我们会得救的。"

从风暴上演那一刻起,阿卜杜·瓦哈比就已经陷入了崩溃,虚弱不堪。我会一直和他待在一起,绝不会离他而去。我们两人要么一起生,要么一起死。或许苏莱曼已经游到了终点,抵达了安全的地方。但愿我和他也能一起游到海上指示灯那里吧。

"冷。"他求救道。

可我无法帮助他，只能任由海水和寒冷从四面八方袭来。

"风暴很快就停了。"我说道，但却没有得到回音。

如果阿卜杜·瓦哈比出了事，我绝不会原谅自己。

"我给你讲个故事。"

他继续沉默着，于是我冲他大喊："阿卜杜·瓦哈比！"

"我在。"

"给你讲讲我的故事吧。"

"我听着呢。"

"咱们俩一起说说话，等风暴停下来。"

"那它什么时候结束？"他的问题刺痛着我的心。但愿我能知道问题的答案，我的兄弟。

瓢泼大雨像尖锐的巨石一般从空中砸下，我们两位老人紧紧抓住塑料箱在海上继续漂浮。

努拉对我说过："今天别出门了。"

我的双手，已经被冰冷的天气和大雨冻僵。

"你知道我曾经落水，最后在霍尔木兹海峡的萨拉马岛①得救的故事吗？"我故意将故事情节拉长，好让他一直保持注意力。

"那时我驾驶着一艘商船，从印度的一个港口返回迪

---

① 萨拉马群岛是位于波斯湾霍尔木兹海峡的一串群岛，共包含了三座岛屿，其中萨拉马岛是其中最大的一座岛屿，大致呈三角形，形成了霍尔木兹海峡的最狭窄处。——译者注

拜。夜半时分，我突然感到船朝一侧倾斜，于是赶紧朝舵手大喊，然后飞快地冲出驾驶舱……你听见我说话了吗，阿卜杜·瓦哈比？"

"我要死了。"

"别去想死亡的事情。"

"我在想家里人。"阿卜杜·瓦哈比崩溃地说道。我的心也随之颤动起来。

风暴愈加猛烈，究竟谁能在这片黑暗中拯救我们？

"如果风暴过去，你可不能再将任何人置于险境了，纳志迪！"我在心里对自己说。

"阿卜杜·瓦哈比，求求你原谅我！"我在一片漆黑中大喊道。

"我原谅你，兄弟，这是全知的主给予我的宿命。"

"不要绝望，我们会得救的！"我大喊道，就好像在自言自语。

我准备用头巾的一端绑住阿卜杜·瓦哈比的手臂，然后将另一端绑在箱柄上。可头巾呢？它到哪里去了？根本就没缠在我脖子上。原来在我未察觉之时，大海已经将它带走了。

♪ ♪ ♪

可以肯定的是，我们离海上指示灯越来越远了。在这种恶劣的天气下，没人能找到苏莱曼究竟在哪里。

我不知道垒伊拉区有没有发生风暴……如果那里也发生了风暴，孩子们和大伙肯定会告诉海岸巡警，让他们赶来救援……我们在迪瓦尼亚告诉过大家，说我们几个准备去艾勒亚格区，努拉也知道我出门的事情。

"继续讲你的故事。"

我听见了阿卜杜·瓦哈比的声音，心中顿时燃起了希望，于是大声对他说："就在这时，船沉了。水手们穿上救生衣，纷纷跳入海中。"

要是我们三人都穿上救生衣，那该多好。我不知道阿卜杜·瓦哈比究竟有没有听到我讲的内容。

"阿卜杜·瓦哈比。"我伸手摸索过去。

"你为什么不回答我？"

"不知道，我累了。"

"你在听我说话吗？"

"我冷，牙齿一直在打战……头晕眼花。"

"抓好箱子，千万别松手，离我近一点。"

"我全身都在发抖。"

看来，我必须得分散他心中的恐惧情绪。

"你在听我说话吗？"

"嗯。"

"那天晚上船沉了，水手们找到了一艘救生艇，可其中一位水手却失踪了。我们整晚都与波浪搏斗着,大声呼喊着,寻找着他的踪迹……随着清晨的降临,希望终于到来。我们被另一艘船所救,于是我赶紧告诉他们的船长,我有一名水手失踪了……你听见我说话了吗,阿卜杜·瓦哈比?"

"我累了,我要死了。"他颤抖的声音让我心生恐惧。

"阿卜杜·瓦哈比!"我朝他大喊,"我也又冷又累,但是我们会得救的。"

或许,我就不应该执拗地和大海作对。

"到我身边来。"

波涛戏弄着箱子和海风……我伸出手掌,朝阿卜杜·瓦哈比的方向摸索过去。可我发现自己居然开始颤抖起来,于是便在心里呵斥自己:你怎么能心生畏惧呢,阿里?

你的心为什么在颤抖?你总说大海是你的朋友!早知如此,我一定会趁自己还清醒时就返回岸边……我绝不会放弃阿卜杜·瓦哈比。我宁可自己死去也要让他获得生的希望,就像船沉没那天,我不曾放弃那位失踪的水手一样。

"阿卜杜·瓦哈比,你听见我说话了吗?"我握住了他的手。

"你听见我说话了吗?"

"我感觉头晕眼花,天旋地转。我太累了,从中午开始我们就一直待在海上……冰冷的海水灌进了我的耳朵！"

"待在我旁边。"

阿卜杜·瓦哈比，千万不要丢下我！纳志迪永远不会畏惧！而你，必须和我待在一起。

"阿卜杜·瓦哈比！"我声嘶力竭地大喊，"可我并未放弃那位素不相识的水手，一直和那位船长据理力争，不停地寻找他，直到最后发现他并将他救下，你听到我说话了吗？"

"嗯。"他有气无力地回答。

"我累了。"他用抱怨的口吻说。

"抓住箱柄，千万别松开。"

我睁开双眼想要凝神看清他的脸，可四周的漆黑却遮盖了一切。

纳志迪，你已经疲惫不堪，看不清周围的情况了！

"阿卜杜·瓦哈比，原谅我，我的兄弟！"我冲他大喊。

"愿主宽恕。"

如果我能度过此劫，那以后我绝不会带任何人一起出海。

我似乎也像阿卜杜·瓦哈比一样，开始屈服于这一切。可恶的波涛将我逼至绝境，寒冷和雨水不停地打在我的头顶。

"我证万物非主，唯有真主①。"阿卜杜·瓦哈比虚弱的声音从黑暗中传来。

我船上的宣礼员苏尔坦的声音仿佛在我耳边回响，他总是召唤众人去做礼拜。

你开始发抖了，纳志迪，你的心也开始颤抖了。此时此刻，你感到背部一阵剧痛……纳志迪，你这位老者已然被风暴、雨水和寒冷所包围。如尖刀一般的寒冷，刺入了你的脖子和手掌。你也不知道自己还要在这片黑暗中挣扎多久，或许在接下来的两个小时甚至更长的时间里，你都必须抓住这个箱子，全身浸泡在冰冷的海水中。

你的朋友背叛了你，纳志迪，你从未想过它居然会背叛你们之间的友谊。从童年时代起，你就一直生活在大海的怀抱里。你想起了自己的妻子莎玛——侯赛因他妈。记得有一次，她曾经对你说："我担心你。"

你微笑着答道："别担心，我和自己的朋友在一起。"

"大海根本就没有什么朋友。"你回想起了她话语中透露的恐惧。

---

① "'清真言'是伊斯兰教信仰的核心和基础。它的内容是这样一句话：'我作证，万物非主，唯有真主；穆罕默德是真主的使者'。作为一个穆斯林，从孩提时代就要学会清真言，并以清真言伴随自己的一生，是穆斯林见得最多，听得最多，念得最多的话。尤其是面临危难或在临终时更是不停地赞念，如果自己无力念诵时，由家人或请阿訇在他耳边代念。"（见《伊斯兰教文化150问》，中国社会科学院世界宗教研究所伊斯兰教研究室编，金宜久主编，东方出版社，2014年1月第1版。）——译者注

侯赛因他妈一直担心你，就连努拉今天也制止你："和我们待在家吧。"

从幼时起，你就只聆听自己灵魂的声音……你无法和任何人一起工作，只能成为自己的主人。你固执地坚守船长的岗位，根本不知道自己究竟该从事何种工作。你在商业领域的所有尝试，均以失败告终。终其一生，你都是一位冒险的水手。你的朋友大海发出了呼唤，于是你便朝它奔赴而去。

科威特的船长们都称你为"七重海"。时至今日，人们都还记得你用勇敢和智慧，在舍尔拜塔特角[①]对面击败海盗及其乌合之众的故事。当时他们在晚上发起进攻，将你团团围住，想要抢夺船上的物资，拿走你的钱财。于是你施以巧计，假意按照他们的要求行事，然后平静地弯下腰，假装准备打开箱子。可就在这时，你却突然拔出六轮手枪，用枪指着他们的脸疯狂地大喊："你们这群狗崽子，接受惩罚吧！"

他们吓得扔掉弹药，赶紧扎进海里逃跑了。其实你知道自己的枪膛中空空如也，但还是冒险赌了一把，威风凛凛地站在了他们面前。

"七重海"怎么会害怕呢？"七重海"又怎么会畏惧大海呢？

你自小就是大海的朋友，可是风暴却违背了你们之间的

---

[①]舍尔拜塔特角位于阿曼的佐法尔省。——译者注

诺言。

 ♪ ♪ ♪

每当命运将我包围，真主都会施以援手，救我于危难之中。难道我最终会在科威特海岸面前的海域沉没吗？那位曾经身处险境、奋力与大海搏斗的船长会因一场短促的风暴，在自己家对面的海域沉没吗？

大海啊，我为你抛弃了全世界，难道你真的要背叛我吗？

我是船长阿里，是纳赛尔·纳志迪的儿子。我知晓这世间大海上所有的恐怖，我曾经在大洋的黑夜中冒险前行，可我居然会在自家海岸的附近沉没！

我曾对阿卜杜拉·高塔米说："我生命的最后时刻，一定是在海上度过的。"

但是我却没料到，这片海居然就在我的祖国科威特！一场短促的风暴，居然就要带走阿里·纳志迪了！

大海啊，你又能得到什么好处呢？

我开始颤抖起来，手指紧紧抓住箱子的手柄。或许苏莱曼游到海上指示灯那儿会被人所救，那么到时候大家就会赶来营救我们了。不，我绝不会妥协屈服，绝不会放弃自己的同伴。

"阿卜杜·瓦哈比！"我恐惧地大喊。

"你在哪,阿卜杜·瓦哈比?"

阿卜杜·瓦哈比并不在我身边,箱子的手柄处空空荡荡。他的手居然松开了箱子……阿卜杜·瓦哈比已经沉没了。

"主啊!"我恐惧地大喊,"阿卜杜·瓦哈比!"

可瓢泼大雨、连天翻涌的波涛、呼啸的大海,丝毫没有理会我的呼喊。

我身边空无一人,独留我一人抓着箱子在海上漂浮。

阿卜杜·瓦哈比,我求求你了,不要沉没。阿卜杜·瓦哈比,你会游泳啊……

我什么也看不见……周围只剩下了黑暗、波涛和大雨。

我的朋友已经沉没了,而我……我像你一样疲惫不堪啊,阿卜杜·瓦哈比!

阿卜杜·瓦哈比,我应该一直抓住你的手臂……你对我说过,你快坚持不住了。你也对苏莱曼说过,你要死了。

我独自一人迷惘彷徨地在海上漂浮……是大海欺骗了我,引来了风暴的助力。

我应该早点返航的,那股飘过鼻尖的气息其实就是在提醒我,可是……

可恶的大雨打在我的头上,想让我眩晕继而沉没。我的腰部,也感到阵阵疼痛。

我根本听不到阿卜杜·瓦哈比的声音,或是任何的求救声!刚才他就在我的身边,抓着箱子啊。

我紧紧抓住箱子,这个灌满海水的箱子……我永远都不会屈服。

我会抓住这个箱子,坚持下去。

我的头巾消失了,大海已经将它偷走了。

风暴终将过去,我终将获得生的希望。

# 第 八 章

## 晚 上 11：30

我感觉自己好像被两个孩子抓住,双腿被他们俩粗暴地放进了惩戒的藤条里,只能任由一旁的毛拉用长棍施以惩戒。"不、不!"我想用力大喊,却喊不出声音。我一定会抗争到底,绝不会向他妥协。我一定会朝他大喊:"我要成为一名船长。"

♪ ♪ ♪

我在哪里?四周只有连天的海水和翻涌的波涛……或许只是短促的小憩偷走了我原本清晰的视线。我的腰部感到一阵疼痛。

这梦境究竟从何而来?我双手依然抓着箱子的手柄。可究竟过去了多长时间?我累了……这寒冷的天气还有像磐石一般坠落的大雨,简直让我头痛欲裂。

我从未料到今天海上居然会起风暴,也从未料到大海居然会露出这般面孔。

我是大海的朋友，它为什么会弃我而去？为什么会使我背痛难忍？为什么会不顾多年的交情而有负于我？

大海将一位船长视为朋友，于它而言又有什么损失呢？

我独自一人漂浮在这片黑暗中……感到无比寒冷，晕眩。即使此时此刻附近有船只驶过，船上的人也根本注意不到我的存在。可我绝不会躲藏起来，定会朝那艘船大喊……我也不知道现在究竟几点了。一旦风暴平息下来，我便能找到海岸的方向。要知道，科威特海岸的位置就印在我的脑海中。

小艇沉没了，苏莱曼朝海上指示灯的方向游去了……阿卜杜·瓦哈比，我也不知道他怎能弃我而去。

我把头露出海面，继续在海上漂浮着。四周摇晃起伏的波涛使我昏昏欲睡，但是我绝不能入睡……我定要一直保持清醒，直到风暴结束，然后用自己的手段惩罚大海。

如果头巾还在，那么我至少还能用它将自己的脖子和箱子的手柄绑在一起，依靠它漂浮下去。

我曾经历过无数次海上风暴，同大伙一起与连天翻涌的波涛斗智斗勇，竭力保持大船的平衡。我们每个人都极力抓住船的一角，时刻保持清醒的头脑，不停地呼唤着主的佑助：

"主啊。"

可大海却在今晚背叛了我。我是你的朋友啊，大海。

母亲曾对我说："大海不会和任何人交朋友。"

"绝对不行,我之前已经说过了,我的孩子。"

"父亲?你怎么会到箱子旁边来?"

"我同你说过,大海就是位背叛者。"

"大海向我发出信号了……我已经嗅到那股飘过鼻尖的气息了,父亲,可是……"此时此刻,我觉得自己仿佛还是那个幻想在海面上漫步,抵达海天相接处的孩子。

这是什么?我,孤身一人……

四周寒冷无比。阿卜杜·瓦哈比在沉没之前,也是这般牙齿不停地打战,头晕目眩。我会一直抓住箱子……一旦箱子松脱,那我就在海面上仰泳。阿卜杜·瓦哈比并没有沉没,而是朝他兄弟苏莱曼游去了,定会被苏莱曼所救。

我兄弟阿卜杜拉从救生小船上接过落水的孩子。那位妇人激动地朝我大喊:"你救了我的孩子!"

赛里姆的妻子是位长相甜美的印度姑娘,我总是留给她一些傍身钱。

"你每次出海前,总是给我钱。"

"莎玛!你怎么来了?大雨会淋湿你的衣服……莎玛,我没有忘记你。我曾对你说,你就是这个家的船长……"

♪ ♪ ♪

我孤身一人在海面上漂浮,牙齿不停地打战。

大海,究竟能从这片混乱中获得什么呢?

为什么风暴会使我蒙受如此大难？……我已经筋疲力尽。此时此刻，我只是个漂浮在海上的老人，唯有一件内衣蔽体。

够了，大海。我知道风暴即将过去，可你为什么一而再，再而三地推迟这一刻的到来？或许你并不想让我死去，只是因为心中思念，想让我和你待在一起罢了。

要是波浪最终将我扔在海滩上，那我还有何颜面面对众人？

一定是那个可恶的女人，趁守卫们不备越过了新船的桅杆，最终给我带来了厄运。

是风暴的厄运，击沉了小艇。

"我同你说过。"这时，我听见了妻子莎玛的声音……四周一片漆黑……我感到莎玛仿佛就在我对面，也抓着箱子。

"侯赛因他妈，你怎么也和我们一起掉进了海里？"

"我同你说过，我担心你的安危。"

我好冷啊，莎玛。我的头被瓢泼大雨打湿，腰部感到一阵剧痛。

"莎玛，你去哪儿了？"

我环顾四周，可是黑暗却挡住了我的双眼，周围全是连天翻涌的波涛和凛冽的严寒。

"你会在大海里死亡吗？"

"不，我绝不会死。"

"你即将死去。"

我能分辨出这声音，这是我亲爱的朋友穆罕默德·高塔米。

"穆罕默德是在市场去世的，我是阿卜杜拉·高塔米。"

"阿卜杜拉，你怎么知道我在这儿？你的船呢？"

"咱们俩曾一起出海……你是来救我的吗？抓好箱子的边沿，直到你的大船来营救我们。"

"你会死在海上，我告诉过你。"

"不，我绝不会死。船长不会死去，我永远都活在大海上。"

"不要丢下我……阿卜杜拉，你在哪里？"

"你怎么能沉入大海呢，船长？"

"都是大风耍弄阴谋，激起了海的愤怒。"

"这不是阿卜杜拉的声音！"

"我是艾伦·维利尔斯。"

"你是那个讲英语的澳大利亚人，快过来抓好箱子。你是位船长，肯定有救生艇吧。我和你，我们一定会回到科威特的……这次你就住凯凡区我家的公寓，我绝不会让你住在其他地方。"

"我跟你说过，驾船时必须开灯。"

"可是风暴熄灭了小艇上的灯。"

"你很勇敢,纳志迪,我一直都在观察你。"

"可是你说过,阿拉伯水手们不敢在深海区行驶,一直都待在海岸附近。"

"可是事实证明我错了。"

"其实我知道,你一直在观察我的一举一动。"

"我曾经见证了你的技术和勇敢。纳志迪,你为什么没穿救生衣?"

"救生衣会妨碍我们的行动……我们几个要不停地将水舀出小艇……你带你写的书了吗?"

"我一直都带着它。"

"书里有照片吗?救生船呢?让救生船来救我们吧……艾伦,你去哪里了?"

船长怎么能抛弃水手,让他在大海里沉没呢?

可我并不是水手,我是一位船长,是侯赛因他爸。真主赐给了我五个孩子:侯赛因、阿卜杜·瓦哈比、奥斯曼、苏莱曼、哈立德。莎玛在我出海期间,生下了我的小儿子哈立德。我离家时她还怀有身孕,而当我回到家时,哈立德已经躺在她怀里了。孩子们一定会四处寻找我的踪迹,海上巡警也会闻讯赶来……

"莎玛,大雨会淋湿你……你会和我一起沉没的。"

"我绝不会沉没。"

"我会一直抓住你的手。"

我独自一人抓着箱子……如果大雨停歇，如果寒冷散去……我感觉头嗡嗡作响，已经没有丝毫力气睁开双眼了。

我年轻时曾经和恐惧为伴，在大海里游了一整天。可是现在，我已经是一位年过七旬的老人了。

大海为什么会杀死一位年迈的水手？

究竟是为什么，主啊？

我的家人和孙子们都在凯凡区的家中，而我却在这里孤身一人，身处黑暗。

录音机沉没了……同它一起消失的，还有欧德·杜黑和"海湾歌手"美妙的歌声。

我妹妹玛丽莲来了，对我说："对莎玛温柔一点。"

"哥哥，我挚爱的亲人。"

"小玛丽莲，你不应该来这儿。我现在赤身裸体，玛丽莲。我不想让我的水手们看见你……抓紧箱子。玛丽莲，你带油灯了吗？你总是喜欢清理油灯。玛丽莲，你怎么哭了？别哭，玛丽莲，你兄长绝不会死去。"

"我的孩子！"那位妇人大声呼喊。

"我已经救下了你的孩子，你为什么还大喊大叫？"

"我知道附近到处都是鲨鱼，乘客的混乱和嘈杂使整艘船陷入了险境。可我的兄弟阿卜杜拉，还有船上的歌手易斯马仪已经救下了你的孩子……你一个陌生女人为什么还来找我？"

"我是你姐姐拉蒂法。"

"拉蒂法……我饿了,腰部酸痛难耐……刚烙好的薄饼会被海水浸湿……但是,或许它能够温暖我的双手。"

"黑色的波涛变成了红色……这是大海的鲜血……这血,玷污了我的身体。"

我绝不会抓着箱子继续漂浮。

海里的乌贼喷出了红色的血,但是黑暗……

我不再是那个不会游泳的孩子了。

我父亲曾经和高塔米船长一起考验我的航海技术,可母亲却不赞成他一路陪同……科威特船长们以珍珠贸易为生,我也因此选择了大海。我是一位在海上航行驰骋的船长,讨厌在陆地上谋生,讨厌卑躬屈膝的生活。

我终将度过这次风暴……我将以头巾为帆,以箱子为船,在海上继续航行。

我们将继续航行,直至抵达岸边。我永远都不会迷失方向……可我的头巾在哪呢?

"我的哥哥,我挚爱的亲人。"

"别害怕,玛丽莲,你为什么哭了?"

♪ ♪ ♪

主啊,我累了。如巨石一般坠落的雨点不断打在我的头顶……我已听不到任何声音,只感受到了四周彻骨的寒冷。

我独自在海面上漂浮,已经无法呼吸……数年来,我一直将大海视作自己的朋友。

可我怎么回科威特?我的兄弟们已经把我的"巴彦号"大船卖掉了。

"你去印度带些木料回来。"

"我累了,父亲。我一直抓着箱子,在海上坚持了一个小时、两个小时、三个小时……我真的累了,从昨天起我就一直抓着这个箱子……我的一生都和大船紧紧相连,父亲。"

我的一生,整整一生。

那天夜里我站在桅杆前,觉得它好像也在注视着我、责备我。就在那一刻,我仿佛听到了船帆的哭泣声。

猛烈的风暴和翻涌的波涛还在和我做游戏……四周一片漆黑,看不到任何光亮。

我不知道苏莱曼现在怎么样了,或许他已经游到了海上指示灯那里……阿卜杜·瓦哈比……

风暴击沉了小艇,也带走了阿卜杜·瓦哈比。

我不知道自己究竟身处何地。在大雨、寒冷、黑暗和鲜血中,滔天巨浪已经将我翻卷了千次……

我的身体,已经被鲜血所玷污。

"阿里。"

父亲仿佛从黑暗中走来……父亲,小艇已经沉没了。你们俩为什么没带油灯来?你和哥哥易卜拉欣一起带我回家吧。父亲，我刚才睡着的时候被大海冲走了。我只是在午饭后小睡了一会儿而已，父亲。我向您保证，我绝对不会在岸边的沙滩上再睡着了。

海岸究竟在哪个方向？它的位置一直刻在我的脑海中……可现在，我的周围根本就没有海岸的踪影。

瓢泼大雨倾注而下，令我头痛欲裂。

我绝不能抓着鱼箱，就这样一直漂浮下去。我决定放弃它，独自一人在海面上游泳。

我会一直游下去，或许还能追上优素福·高塔米船长驾驶的大船。他一定会将我带走，最终抵达胜利的彼岸。

努拉问过我，打算什么时候回家？我绝不会迟归，也绝不会等到风暴来临的那一刻。连天翻涌的波涛，将会把我带向未知的远方。

我依稀记得幼时的那一幕……我躺在沙滩上，摊开双臂，任由大海将我带走。

啊……冷……我什么也看不见了……天空用它那黑暗的幕布，遮住了我的脸。

箱子越来越沉，我无法继续抓着它漂浮，必须选择放弃……箱子里面的鱼儿纷纷逃脱，里面有很多条大矛鲷呢。

大海——我的朋友将会把我送回家。莎玛，各位家庭成员，还有我姐妹家的孩子们，都在等待着我的归来。

我是船长阿里·纳志迪。我永远都不会屈服，永远都不会向任何人折腰。我会一直游下去，直到风暴过后找到海岸的位置，或是被人所救。

我听到了船上宣礼员苏尔坦的声音……我的兄弟阿卜杜拉，还有哈姆德·本·萨里姆·欧麦尔也在船上，他们肯定是来救我的。

我绝不会自卑自贱，绝不会和陌生人一起驾船前行。

我听到了大船劈波斩浪的声音……我曾经在黑夜里张开主帆，驾驶着自己的大船战胜了无数恐惧。

艾伦惧怕黑暗，而我却无惧黑暗。

我听到了宣礼员苏尔坦的声音……我将紧随其后不断诵念："我证万物非主，唯有真主。①"

此时此刻，我身轻如燕……我放开箱子，独自一人在海面上漂浮。此时此刻，我没有了任何束缚，感觉自己的身体是那么的轻盈。

此时此刻，我感到自己无比轻松。

海水，从四面八方接连翻涌而来。

为什么，大海？纳志迪是你的孩子啊，为什么？……一定是你想让我一直待在你身边，好让我们彼此永不分离。

我永远是你的孩子，大海；我永远都属于你，永远做一位船长。

我的大船——我亲爱的"巴彦号"，就要来接我了。

---

①同前文对"清真言"内涵的注释。——译者注

我会一直在海上,等待着它的到来。

我,永远不会离开大海。

2016年12月12日于科威特